KB116992

햇빛은 찬란하고
인생은 귀하니까요

밀라논나 이야기

햇빛은 찬란하고
인생은 귀하니까요
밀라논나 이야기

1판 1쇄 발행 2021. 8. 18.
특별판 1쇄 인쇄 2021. 12. 18.
특별판 1쇄 발행 2021. 12. 28.

지은이 장명숙

발행인 고세규
편집 김성태 디자인 정윤수 마케팅 김새로미 홍보 반재서
발행처 김영사
등록 1979년 5월 17일 (제406-2003-036호)
주소 경기도 파주시 문발로 197(문발동) 우편번호 10881
전화 마케팅부 031)955-3100, 편집부 031)955-3200 | 팩스 031)955-3111

저작권자 ⓒ 장명숙, 2021
이 책은 저작권법에 의해 보호를 받는 저작물이므로
저자와 출판사의 허락 없이 내용의 일부를 인용하거나 발췌하는 것을 금합니다.

값은 뒤표지에 있습니다.
ISBN 978-89-349-7991-3 03810

홈페이지 www.gimmyoung.com   블로그 blog.naver.com/gybook
인스타그램 instagram.com/gimmyoung 이메일 bestbook@gimmyoung.com

좋은 독자가 좋은 책을 만듭니다.
김영사는 독자 여러분의 의견에 항상 귀 기울이고 있습니다.

이 책의 인세는 사회복지기관, 보육기관, 미혼모 지원단체 등
사랑이 필요한 곳에 기부됩니다.

햇빛은
찬란하고
인생은
귀하니까요

밀라논나
이야기

Ciao, Amici

장명숙 지음

©민준홍

10대, 꿈을 꾸었다.

20대, 도전을 멈추지 않았다.

30대, 부단히 전력투구했다.

40대, 약자의 삶에 더 다가갔다.

50대, 자유로워졌다.

60대, 인생 계획에 없던 유튜버가 되었다.

70대, 매일이 설렌다.

살아 있는 한, 움직이는 한,

누구나 다 현역이고

자기 인생의 주인공이다.

나는 1952년생 장명숙이다.
한국전쟁 중 지푸라기를 쌓아놓은 토방에서 태어나
일흔 살 언저리에 유튜버가 되었다.
아침에 눈을 뜨면 '오늘은 또 얼마나 재미있을까?' 설레고
저녁에 몸을 누이면 '오늘 난 잘 살았나?' 되돌아보고
'내일 또 어떤 일이 펼쳐질까?' 기대하곤 한다.

유튜브를 시작하고 나서
나를 멋쟁이 할머니라 불러주는 분들도 있고
롤모델이라 말해주는 분들도 있다.
모든 게 과분하고 고마울 따름이다.
그만큼 자긍심도 책임감도 커졌다.

3백여 쪽의 책을 쓰면서
내가 살아온 시간을 되돌아보았다.
사는 게 참 극기훈련 같았는데
이제 와 생각해보니 '에게, 겨우 요거야?'라는 생각이 든다.

얼굴은 작고, 입은 유난히 커서
어릴 때부터 못생겼다는 소리를 들었다.
몸도 약해서 잦은 병치레로 고생도 좀 했다.

그런데 이런 외모를 가지고 태어나서일까?
아니면 이런 외모를 지적하는 환경 때문이었을까?
확실한 건, 그런 환경이 준 콤플렉스가
나를 패션계로 끌어들였다는 점이다.
덕분에 화려한 조명도 받았고
세상의 어두운 그림자도 보았으며
나를 가꾸고 아끼고 사랑하는 법도 배웠다.

현모양처라는 이데올로기에 묶여 버거웠지만
나에게 주어진 역할에 최선을 다하고자 노력했다.
여자라서 받았던 설움도 있었고
동양인이라서 소외감도 느꼈고
일하는 엄마라서 겪은 슬픔도 있었다.

두 아들의 유년 시절에 긴 시간 함께하지 못한 건
두고두고 미안함으로 남을 것 같다.
이런 서사를 책에 담다 보니
때로는 감정이 앞선 문장과 서사가 나타날지도 모르겠다.

1994년, 큰아들이 생사를 넘나드는 대수술을 받았을 때도
이듬해 내가 근무하던 삼풍백화점이 무너졌을 때도
어떻게든 살기 위해 이를 악물었다.
그때 소외된 사람들에게 베풀며 살겠다는 기도를 했고
그때의 다짐을 차근차근 행동으로 옮겼다.

이 나이가 되니 곳곳에서 '사는 게 뭘까?'라고 묻는다.
사는 게 뭐 별것일까.
태어나졌으면 열심히 사는 거고.
어려운 이들을 돕고 살면 좋고.
내 몫을 책임져주지 않을 사람들의 말은 귀담아두지 말고.

인생의 고비마다 되풀이하던 말이 있다.
"그래, 산이라면 넘고 강이라면 건너자.
언젠가 끝이 보이겠지."
늘 발을 동동 구르며 살았던 지난날, 힘들 때마다 외웠던
구상의 시 〈꽃자리〉를 읽으며 이런 생각을 했다.

'지금 내가 걷는 이 길이 가시밭길이어도,
어느 날 돌이켜보면 꽃길 같겠지.'

조심스럽게, 담담하게 말하고 싶다.
매 순간 나는 성실히, 알뜰히, 정성껏,
내 인생을 살기 위해 노력했다고.
그리고 이제부터 소외된 약자들을 위해
내가 가진 힘을 더 오롯이 쏟아보려고 한다고.

죽을 때까지 선량한 사랑의 서사를 이어가고 싶다.
이 책은 그런 서사의 일부다.

2021년 햇빛 좋은 날에
밀라논나 장명숙

차
례

논나의 이야기 4.

책임 | 이해하고 안아주는 사람이 되어볼 것

하나뿐인 나에게

예의를 갖출 것

옛 제자가 찾아왔다.
오랜만에 보는 얼굴은 상하고 초췌해져 있었다.
이유가 있을 텐데 입을 쉬이 열지 못하던 제자는
마침내 오열을 터트렸다.
실컷 울게 가만히 기다려준 뒤
따뜻한 차와 보드라운 수건을 건네주었다.

울음이 잦아들면서 침묵이 흘렀고,
제자는 눈물을 머금은 목소리로
나를 찾아온 이유를 소상히 풀어놓았다.
살기가 싫고 힘들어서 목숨을 끊으려다가
이제는 마지막이라 생각되어
스승인 나를 찾아왔다고 했다.

하나뿐인 나에게 예의를 갖출 것　　　　　　　　　자존

사연인즉 공황장애와 우울증으로 병원 신세를 졌단다.
그간 각고의 노력 끝에
원하던 조직에서 원하던 위치까지 올라가는 등
만족스런 결과를 얻었지만, 문제는
그때부터 고난이 시작되었다는 것이다.
재주도 많고 열정적인 사람이 풀이 죽어 있으니
가슴이 더 아팠다.
나는 티를 내지 않으려고 어금니를 꽉 깨물었다.

중년이 된 제자는 바위처럼 무거운 한숨을 쉬었다.
보수적인 시댁은 용돈 액수에만 관심이 있고
남편의 태도는 결혼 전과 백팔십도 달라졌다.
가정 안팎의 온갖 궂은일은
모두 자신이 맡아야 한다며
깊은 한숨을 쉬었다.
외벌이가 아닌 맞벌이 부부라 분명 경제적으로 넉넉한데
이 풍족함을 남편 혼자만 만끽하는 현실에
온갖 회의만 밀려올 뿐이라고 했다.

여기저기서 청탁은 밀려오고
보기 싫은 사람을 만날 일은 계속 생기고,
밤마다 업무를 생각하면 잠이 오지 않아

불면증에 시달린다는 하소연을 이어갔다.
내게 속마음을 털어놓을 수 있도록
나는 제자의 이야기를 조용히 들어주었다.
제자의 얼굴에 드리운 그림자가 조금씩 희미해지는 걸 보며
어떤 답을 들려줘야 할지를 심사숙고했다.

제자는 전형적인 워커홀릭이었다.
오랜 세월 자신을 돌보지 않고
과부하가 걸린 줄도 모르고 앞만 보며 달려왔다.
지금 자신이 어디에 있는지, 어디를 향해 가는지,
방향을 잃고 허둥대다가 번아웃이 온 것이다.

이렇게 번아웃이 오면 불면증을 겪게 되고,
불면증에 시달리다 보면 번아웃 증상은 더 심해진다.
알코올로도, 신경안정제로도 다스려지지 않으며
우울증이 깊어져 극단적인 상상까지 하게 된다.
작은 걱정을 크게 침소봉대針小棒大하니,
항상 불안하고 초조하고 이유 없이 가슴이 덜컹 내려앉으며
심지어 부정맥 증상까지 나타난다.

특히 엄하고 까다로운 부모님 아래서 자란 사람일수록
완벽주의 콤플렉스, 전능감 콤플렉스가 작동해

자신에게 지나치게 높은 수준의 기대를 걸거나
스스로를 극한까지 몰아붙인다.
부모님의 기대를 채우려는 마음이 커질수록 부담감도 커지고,
자기 기대치를 넘지 못했을 때 심한 좌절감도 느낀다.

내 앞에 앉아 있는 제자가 그런 환경에서 컸다는 걸
예전에 어렴풋이 들었던 기억이 났다.
제자에게 이런 콤플렉스의 모습이 있냐고 물으니,
"어찌 아세요? 점쟁이 같으세요"라고 말하며
그제야 희미하게 미소를 지었다.

"어찌 아느냐고? 내가 다 겪어봤잖아."
"정말요? 선생님은 항상 당당하시고 자신 있어 보여서
두려움이 없으신 줄 알았어요."
"자, 그럼 내 이야기를 들어볼래?"
그렇게 저녁 내내 나의 고군분투기를 제자에게 들려주었고,
이런 조언과 격려의 말도 전했다.

무엇보다 나를 위해 산다는 대명제를 세우라고.
나의 자식, 나의 남편 앞에 '나'라는 한 음절이 붙는 건,
내가 존재해야 자식도 남편도 있다는 뜻이라고.
내가 없어지면 나의 우주도 멸망한다고.

조물주가 나를 만드신 뜻이 분명 있을 텐데
죽었다! 생각하고 도리어 살아갈 이유를 찾아보라고.
그 의미를 붙들고 앞으로 나아가다 보면
분명 희미한 빛이 나타나고 터널의 끝이 보일 거라고.

자신을 들볶지 말고 내 삶의 중심에 자신을 두라고.
그러려면 자신의 어깨에 걸린 무거운 짐을 내려놓고,
자신의 요구부터 먼저 알아차려서 들어주어야 한다고.
자신의 내면을 단단하게 만들어 놓아야
타인의 감정에 쉽게 휘둘리지 않게 된다고.
최선을 다한 거기까지가 자신의 몫이라고.

실패해도 창피해하지 말고
최선을 다해서 도전한 자신을 칭찬해주라고.
쓸데없이 '착한 사람 콤플렉스'를 끌어안고 전전긍긍하다 보면
내 어깨에 온갖 궂은일이 얹히게 되는 법이라고.

어려운 청탁을 받으면
자신의 능력으로 가능한지 냉정히 판단하고,
불가능할 때는 담담하고 공손한 태도로
"내 능력 밖이라 호언장담하다가 실수할지 모르니
좋은 관계를 망가트리지 않기 위해서 거절하겠습니다"라고

떳떳하게 말해야 한다고.

자식과도, 남편과도, 시댁과의 관계에도
다 이런 방법을 대입하라고.
처음에는 섭섭해할지 모르지만
그런 관계야말로 가치 있고 오래 지속될 수 있다고.
어떤 관계든 내가 선한 의지를 갖고 행동하면
결국 나쁘게 꼬이지는 않는다고.

타인의 시선, 타인의 평가에 나를 내맡기지 말고,
내 마음부터 따뜻하게 달래주고 품어주며
앞으로 나아가고 싶게 하는 에너지를 만들라고.
힘에 겨워 넘어지면 넘어진 채로 잠시 쉬어가고,
주변 산천경개山川景槪도 구경하며
내 안의 소리에 귀를 기울여보라고.

나는 제자의 표정이 어떻게 바뀌는지 몰래몰래 눈치를 봐가며
성심성의껏 진심을 다해 일러주었다.
다행히도 세상 모든 고민을 끌어안은 것 같던 제자의 얼굴이
희미하게 평정심을 되찾아가는 듯했다.
그러곤 한번 노력해보겠다며 인사를 하고 돌아갔다.

며칠 뒤 그 제자에게서 전화가 왔다.

서서히 어두운 그림자가 걷힐 것 같다며,

혼자 완벽하게 해결하겠다는 생각을 내려놓는 중이라고 했다.

"선생님 말씀대로 하고 있어요.

'실수해도 괜찮아. 넘어져도 괜찮아.

넘어지면 잠시 쉬었다가 툴툴 털고 일어나면 돼.'

이렇게 저를 계속 다독이면서 조금씩 힘을 내고 있어요.

내 몸과 내 마음이 무엇을 원하는지

느끼고 들여다보려고 노력합니다.

감사합니다. 곧 더 밝은 얼굴로 찾아뵐게요."

제자가 기운을 되찾은 것 같아 다행이었다.

인생이 한 번뿐이라는 게 이럴 때는 참 아쉽다.

첫 번째로 살면서 깨달은 것을

두 번째 태어나 살아가면서 써먹으면,

두 번째 생은 참 수월할 것 같은데…

아니다. 그래도 한 번뿐인 게 좋다.

인생을 두 번 살면 힘들고 무서워서 못 살 것 같다.

오랜만에 남편과 언쟁을 했다.

46여 년을 함께했으니

싸워봐야 뻔하고 힘만 빠지기에

왠만하면 그냥 대수롭지 않게 넘어가지만

그날만은 피하기가 싫었다.

정확히 말하면 또 '그 소리'를 하는 게 싫었다.

"남이 보더라도…"

이 소리를 들으면 나는 핏대를 올리게 된다.

내가 이 말을 얼마나 싫어하는지 알면서도

남편은 이번에도 또 '그 소리'를 하며 약을 올리니

견딜 수가 없었다.

이번에는 반드시 '그 소리'에 마침표를 찍고야 말겠다는 각오로,

단단히 전의를 다지고 선전포고를 했다.

"남이 보는 게 뭐가 중요한데?"
"왜 내가 남을 의식해야 하는데?"
"왜 내가 남하고 똑같아야 하는데?"
"남이 내 인생을 살아줘?"
"내가 아플 때 남이 같이 아파해줘?"
"내가 배고플 때 남이 나에게 밥을 줘?"
"그 대단한 남이 나에게 뭘 해줬는데?"
"왜 내가 남의 눈치부터 봐야 하는데?"

그 대단한 남 때문에
내가 당했고 겪어내야 했던 분노를 쏟아냈다.
인간은 사회적 동물이고
남에게 피해를 주지 않고 살아야 한다는 건 누구보다 잘 알지만,
나의 사고, 나의 행동을 왜 남의 기준에 맞춰야 하는가!
이것이 분노의 근원이었다.

어릴 때부터 자의식이 강했는지, 반항심이 강했는지,
남이 하니까 나도 해야 한다는 식의 말에 늘 반감이 생겼다.
그래서 친정어머니와도 가끔씩 부딪쳤고
"유난 떤다"라는 꾸지람도 많이 들었다.

개성 강한 딸이 평탄한 인생을 살지 못하고 고달파질까 봐
염려하신 것일 수도 있겠지만,
정말이지 체면치레에 진저리를 쳤다.

부모님과의 갈등은 결혼식 전후로 극에 달했다.
"남이 보더라도 예단을 이 정도는 해야지."
"남이 보면 자식 잘못 가르쳤다고 흉본다."
내가 보기엔 예단과 혼수를 장만하는 비용이 너무나 아까웠다.
그래서 정성스레 혼수를 준비하시는 친정어머니와
이에 불만을 갖던 나는 사사건건 부딪칠 수밖에 없었다.

친정아버지는 내가 직접 디자인한 웨딩 가운뿐만 아니라
예식에 착용한 모자까지도 못마땅해하셨다.
그 당시 누구나 다 쓰는 베일이 아닌
하얀 토크* 모양의 모자를 보시곤
남들이 모두 쓰는 베일을 썼으면 좋겠다며
얼마나 노여워하셨는지 모른다.

항상 나는 '남 때문에' 공연한 꾸지람을 들었고
약간의 문제아 같은 취급을 받아 적잖이 위축된 채 살았다.

* toque, 주교님들이 쓰시는 테가 없고 둥근 모자.

그래서 디자인을 전공하고
대학에서 후학을 가르치는 남자와 결혼하면서
'적어도 보수적이지는 않겠지' 하며 은근 기대를 했었다.

하지만 웬걸! 남편은 친정아버지보다 한 수 위였다.
다행히 남편은 내가 미니스커트를 입든, 스키니 진을 입든,
의상에 대해서는 잔소리를 하지 않았다.
나의 전공을 존중해주는 차원이었다.
그러나 의생활을 뺀 나머지에 대해선
걸핏하면 "남이 보더라도"라는 말을 내세웠다.
정말 이를 어쩌면 좋나 싶었다.

한창 패션계에서 일할 때 가끔 퇴근이 늦곤 했다.
그때마다 남편은 어김없이
"남이 보더라도"라는 말로 내 발목을 잡았다.
물론 남편의 마음이 이해되는 부분도 있었다.
엄마의 귀가가 이를수록,
기왕이면 귀가가 일정할수록 아이에게 좋으니까.
하지만 나를 설득하려는 그 무기가 마음에 들지 않았다.

남편이 "남이 보더라도"라는 무기를 꺼낼 때
내가 꺼내는 비장의 무기는 "루이지네처럼 살자고?"였다.

지금은 고인이 된, 친하게 지냈던
이탈리아 친구 이야기를 예로 들어 미안하지만
내가 루이지네 집 이야기를 꺼내면
남편은 "남이 보더라도"라는 말을 멈추었다.

루이지네 집은 평범한 중산층 가정이지만
사는 스타일이 독특했다.
루이지네 가족은 이층집에 살았는데,
1층은 허름한 가구와 집기가 가득 놓인 생활 공간이고
2층은 좋은 물건을 모셔둔 쇼룸 같았다.
참 좋은 분들인데,
좋은 물건은 쓰지 않고 허름한 물건만 쓰는 생활 방식에
공감이 되진 않았다.

루이지네 집 이야기를 하면 조용해지던 남편이
이번에는 거세게 반격했다.
"누구네 집, 누구네 집도 다 그렇잖아.
나만, 남의 시선 의식하는 위선자 취급하지 마."

남편이 예로든 누구네 집.
그 집에는 내가 좋아하던 작가의 작품이 걸려 있었다.
전시회에서 본 것을 이곳에서도 또 보게 되어 반가운 마음에

"어머, 좋네요. 어떻게 이런 대작을!"

감탄사가 절로 나왔다.

하지만 내외는 작가의 이름도, 작품명도 모르는지

대답을 제대로 하지 않고 말을 얼버무렸다.

오로지 화랑에서 가격이 상승할 거라고 부추겨

이 작품을 구매한 것 같은 분위기였다.

그러고 보니 그림뿐만이 아니었다.

유명한 수입 그릇은 장식장의 진열용이 되어

그릇 본연의 쓰임새를 잃은 듯했다.

대신 식탁에는 케이터링한 호텔의 식기들이 가득 놓여 있었다.

(하긴 설거지를 하지 않으니 편하긴 하겠다)

타인의 시선을 끊임없이 의식하며

알맹이 없는 삶을 살고 싶지 않다.

남이 보더라도 괜찮은 삶보다

내가 보더라도 만족하는 삶을 사는 게 낫지 않을까?

내가 이런저런 논리로 반박을 하니

"남이 보더라도"라는 말을 하던 남편이 조금은 수그러들었다.

이제라도 남편이 저 소리를 멈추어주길 바랄 뿐이다.

삭발이

어때서

우리 집안은 대대로 머리숱이 없고
머리카락이 빨리 하얗게 변하는 유전자가 있다.
의학적으로 보자면 멜라닌 색소가 빨리 부족해지는 현상이다.

친정어머니는 갸름한 얼굴형과 단정한 이목구비를 지니신
대단한 미인이셨다.
눈치 없는 분들이 내 면전에서
따님이 어머니를 못 따라간다고 말씀하실 정도였다.
나는 아쉽게도 부계를 닮았다.

그런 친정어머니도 말 못 하는 고민이 있으셨으니,
바로 머리숱이 부족한 거였다.
살짝 비밀을 공개하면

친정어머니는 50대 초반부터 가발을 쓰고 다니셨다.
절대 남에게 보여주지 않으셨지만
큰딸인 나에겐 가끔 답답하다며
가발 벗은 모습을 보여주실 때가 있었는데
그럴 때면 나는 걱정이 태산이다.
'나도 어머니처럼 되면 어쩌나?'

그때 생각했다.
'나는 가발도 쓰지 않고 파마도 하지 말아야지.'
파마할 때 쓰는 독한 약품이 두피를 혹사해서
가뜩이나 빈약한 머리숱이 더 사라질까 염려했다.
실제로 나는 단 한 번도 파마를 한 적이 없다.
늘 짧은 머리를 유지하고
가능한 한 두피에 스트레스를 주지 않으려고 노력하는 게
나의 머리숱 관리법이다.

40대 중반, 큰아들의 생사를 넘나드는 큰 수술 뒤
머리카락이 하얗게 변해
50대 초반까지 염색을 했다.
2주가 지나면 어김없이 자라나는 흰머리를 감추기 위해
장장 세 시간에 걸쳐 머리를 다듬고 염색을 하는 고역을 치렀다.
그럴 때마다 '언제까지 이 의식을 계속 치러야 하나?'

고민하던 중 아주 특별한 어떤 모습을 보게 되었다.

가톨릭 재단을 통해 한국에 입국하여
외국어대 이탈리아어과에서 학생들을 가르치던
한 교수님이 계셨다.
그분이 치매를 앓게 되어
부천의 한 노인요양병원에 입원을 하시게 되었다.
5개 국어에 능통하셨던 분이었지만
치매로 인해 가장 마지막에 배운 언어부터 잊으시더니
나중엔 겨우 모국어 몇 단어만 쓸 수 있는 단계에 이르렀다.
그분이 이탈리아어를 완전히 잊지 않도록
여유 있을 때마다 요양원을 찾아가 언어 연습을 도와드렸다.

그 요양원에 드나들면서
어르신들의 외관을 보다가 공통점을 발견했다.
어르신들의 머리는 관리하기 편하게 대부분 짧았고
머리색은 모두 염색하지 않은 천연 백발이라는 것.
나는 그 모습을 보면서
삶의 본질만 보고 살아야겠다고 다짐했다.
그 다짐은 염색을 하지 않는 실천으로 표현됐다.

막상 염색을 하지 않으려니 용기가 필요했다.

염색하지 않을 때의 장점을 꼽아보았다.
먼저 염색하는 동안 불편한 자세를 취해야 하니
팔이 아픈 고통에서 해방된다는 것.
나는 알레르기가 있어
손쉽게 구할 수 있는 염색약을 사용할 수 없는데
내게 맞는 염색약을 찾는 일거리가 줄어든 것.
염색약이 수질 오염의 한 원인인 만큼
내가 지키고자 노력하는
자연 친화적인 삶에 더 가까워진다는 것.
이렇게 여러 장점이 있었다. 단점은 딱 한 가지,
나이 들어 보인다는 것.

'어차피 나이 들어가는데 그냥 받아들이자.'
그렇게 마음을 굳게 먹고
벼르고 벼르던 삭발식과 염색 해방식을 감행했다.
삭발하지 않으면
흰 머리카락, 헤나로 염색한 갈색 머리카락,
탈색되지 않은 검은 머리카락까지
세 가지 색의 향연을 몇 달은 견뎌야 하기에
성질 급한 내가 선택한 해결책이 삭발이었다.

그때 내 나이 쉰다섯 살이었다.

폐경의 징조가 보이고 몸에 변화가 생기기 시작했으니
삭발하기 좋은 나이였다.

삭발하고 염색에서 해방된 뒤 친정어머니로부터
어쩌자고 그리 추하게 늙어 보이려고 하는 거냐는
꾸지람을 들었다.
할아버지 같다는 이야기도 두 번이나 들었다.
한번은 내가 자주 가는 보육기관에 사는 꼬맹이가
"흰머리가 짧은 건 할머니가 아니지! 할아버지지!"라고
정의를 내렸다.
언젠가 봉쇄수도원의 수녀님께서도
무심코 나를 할아버지라고 부르시더니
아차! 싶으셨는지 무안해하셨다.

염색하지 않은 지 15년 정도 흘렀다.
이제는 흰머리가 멋있다고 말해주는 사람들이 더 많다.
할머니면 어떻고 할아버지면 어떤가?
있는 그대로의 나를 받아들이는 편안함이 있는데!
이것이 진정한 자유로움 아닐까?

엄친아에 관하여

'엄마 친구 아들'의 준말인 엄친아는
집안, 성격, 외모 등 완벽한 조건을 갖춘 캐릭터를 뜻하는 말이다.
나는 주변 사람들에게
제발 엄친아라는 말을 쓰지 말자고 권유한다.
'엄마 친구 아들'은 말 그대로 엄마 친구 아들이다.
세상에서 가장 중요한 내 자식을
왜 남의 자식과 비교해서 초라하게 만드는가.

"엄마 친구 아들은 말이야"라는 말로
자식의 자존감을 무너뜨리기 전에
그 아이의 엄마가
어떤 환경에서 자식을 키우는지,
어떤 태도로 아이를 대하는지 관찰하라고 말해주고 싶다.

내 자식을 내 친구 자식과 비교하기 전에
나부터 내 친구와 비교해보자!
사실 비교할 가치가 없다. 그는 그고 나는 나니까.
내 자식이 나를 향해 "내 친구 엄마는…" 하며
다른 친구 엄마를 부러워한다면 어떤 기분이 들까.

양육자의 자존감이 바닥 난 상태라면
결국 자신의 피양육자를 타인의 자식과 비교하게 될 것이다.
비교하는 순간, 시샘과 부러움과 질투심이 생겨
마음은 지옥이 되고 불행의 가시밭길이 펼쳐진다.

세상 모든 인간에게는 고유함이 있다.
각자의 고유함을 인정해줄 때 존재감이 형성된다.
내가 존중받으며 성장할 때 타인도 나를 존중하는 법이다.
나는 엄친아라는 말을 들을 때마다
'우리나라 모든 양육자여,
피양육자의 자존감을 지키고 키울 수 있는 호칭을 쓰자'
이렇게 쓰인 피켓을 들고
'엄친아 부르기 금지 캠페인'을 벌이고 싶다.

이탈리아에서는 양육자가 피양육자를 이렇게 부른다.
미아 스텔라Mia Stella, 우리말로 하면 나의 별!

미오 아모레Mio Amore, 나의 사랑!
미아 조이아Mia Gioia, 나의 기쁨!
미오 테조로Mio Tesòro, 나의 보물!

따사롭지 않은가.
"너는 세상에서 가장 중요한 존재야."
"네가 있어 별이 뜨고 보물도 생기는 거야."
사랑, 별, 보물, 기쁨 등으로 불리니
아이들 자존감이 높아질 수밖에 없다.
엄친아 대신 '나의 사랑!' '나의 별'
'나의 보물' '나의 기쁨'이라 부르면
이 말을 듣고 자란 아이들이 얼마나 기쁠까.

얼마 전 영화평을 읽다가 밑줄을 크게 그어놓았다.
"비교는 인생의 기쁨을 훔쳐가는 것." *
더 나아지기 위해 내가 비교해야 할 대상은
남이 아닌 어제의 나다.

---

*   미국 26대 대통령 시어도어 루스벨트가 말한 "비교는 기쁨을 훔치는 도둑이
       다"가 인용된 것으로 추정된다.

세 명의 멘토가
가르쳐준 것

나는 멘토라는 단어가 주는
편안함, 관대함, 신뢰감, 푸근함을 무척 좋아한다.
멘토라는 단어를 들으면 밤바다의 등대가 떠오른다.
어두운 밤바다를 항해하는 이들에게 안도감과 위안을 주고
항해의 방향을 가르쳐주는 등대 같은 존재.
내 인생에도 여러 명의 멘토가 계셨다.
(우리 집안의 어른들은 물론이고)

그중 한 분이 마랑고니 패션스쿨의 브라가 선생님이다.
경쾌한 걸음걸이, 심플한 단화,
소매가 접힌 흰 와이셔츠, 검은색 배기 팬츠,
두터운 가죽 새시 벨트, 커다란 잠자리 안경,
양쪽 손가락에 가득한 반지, 찰랑찰랑 소리를 내는 팔찌.

처음 선생님을 뵈었을 때 전율이 일었다.

브라가 선생님은 밀라노 중산층 가정에서 자란 여성으로,
옷 입는 법은 말할 것도 없고
사람을 대하는 태도 또한 품격이 있으시다.
어떻게 교양을 쌓는지 알고 싶을 때
이분을 뵈면 답이 나온다.
43년 전 처음 뵌 뒤
지금까지 인연을 돈독하게 이어가고 있다.
선생님은 내 인생의 길잡이가 되어주신 분으로
때로는 친구 같고, 때로는 엄마 같은 존재다.

브라가 선생님은
"명숙은 디자이너로 살기엔 보수적이고,
디자인을 가르치는 교육자로 살기엔 감성이 풍부해
평생 갈등할 것"이라고 하셨다.
역시 멘토다운 쪽집게 같은 말씀을 해주셨다.

또 한 명의 멘토는
가장 친하게 지내는 고등학교 친구의 어머니다.
세간의 기준으로 봐도, 주관적인 기준으로 봐도
일곱 남매를 모두 훌륭하게 키워내신 놀라운 분이다.

1920년에 태어나 우리나라의 격동기를 모두 겪어내셨는데
이분처럼 품위 있는 사람을 만나는 건 쉽지 않은 일이다.

옷차림은 단출하지만 정갈하고 멋스러웠다.
일곱 남매를 키우며 쌓인 내공일까.
언제 어떤 고민을 말해도 막힘없이 답을 주셨다.
자유로운 사고를 갖고 있는 온고지신의 표본이고,
자식들에겐 진취적인 기상을 강조하셨다.
어떤 주제로 대화를 나눠도 고루하다는 느낌은커녕
유연한 사고와 깊이에 감탄하지 않을 수 없었다.

나는 그 친구의 어머니가 존경스러워
친구네 집에 자주 놀러 가고 싶을 정도였다.
딸의 친구 앞이니 당연한 처신이었겠지만
그 친구도 어머니가 노여움을 표시한 걸
한 번도 본 적이 없다고 했다.
항상 편안한 톤으로 조곤조곤 기품 있게 말씀하시는
진정한 어른, 닮고 싶은 어른이었다.

또 다른 한 분은 가장 친한 이탈리아 친구의 어머니다.
양어머니 같은 분이었지만 안타깝게도 2년 전 소천하셨다.
친구가 나를 '성당에서 사귄 친구'라고 소개했을 때

따뜻하게 안아주며 웃으시던 인자함을 잊을 수 없다.
그 인자함은 누구에게나 공평했다.

이분은 노블레스 오블리주의 삶이 무엇인지를
몸소 보여준 분이었다.
손님을 초대했을 때 어떻게 식탁을 차려야 하는지,
밀라노의 점잖은 계층은 윗사람을 어떻게 공경하고
아랫사람에게는 어떻게 인간적으로 대접하는지 등을
자신이 직접 실천하여 보여주셨다.
말년이 되어 딸들에게 사업을 물려준 뒤,
어려운 이웃을 돕는 사업에 자신의 노고를 바쳤다.
내가 봉사하러 아프리카에 간다는 걸 아시곤
후원금을 듬뿍 찬조해주시기도 했다.

나는 이분께 자식 문제, 신앙 문제 등
내가 겪는 모든 문제를 여쭤볼 수가 있었다.
단 한 가지, 부부 문제에 대해서만큼은
내가 원하는 답을 주시지 않았다.
그분도 1920년대생이신지라, 남녀의 역할에 있어서
다소 남자 쪽으로 편향된 시각을 갖고 계셨기 때문이다.

내가 밀라노에 머물러 있을 때 돌아가셨다는 소식을 들어

다행히 장례 미사에 참석할 수 있었다.

그때의 감동을 잊을 수가 없다.

이분의 도움을 받았던 모든 사람들이 멀리서부터 찾아와

진심으로 소천을 아쉬워하던 성스러운 광경!

페루 출신의 미혼모, 수도회의 수사님,

보육기관의 원장 수녀님 등

장례 미사에 모인 분들은 남녀노소 지위고하가 없었다.

나는 마랑고니 패션스쿨 은사님께

학생들을 대하는 법, 사회생활 하는 법, 멋 내는 법,

취향과 교양을 기르는 법을 배웠다.

친구의 어머니로부터 자식을 대하는 법,

주변 사람 챙기는 법, 살림하는 법을 배웠다.

또 이탈리아 양어머니께는 봉사하는 법,

나보다 약자를 대접하는 법을 배웠다.

멘토라는 말은 그리스 신화에 뿌리를 두고 있다.

그리스 이타카 왕국의 왕인 오디세우스가

트로이 전쟁에 출전하면서 자신의 아들인 텔레마커스를

잘 보살펴 달라고 어떤 친구에게 부탁했는데,

그 친구의 이름이 멘토였다고 한다.

멘토는 인생을 이끌어주는 지도자,

현명하고 신뢰할 수 있는 상담자,
지혜를 나눠주는 스승이라는 의미로 통용되고 있다.

이렇듯 좋은 멘토를 두었던 나는 행운아다.
나 또한 누군가에게 이런 멘토가 되어주고 싶은데
부지런히 노력하면 되려나?

특혜보다는
자유를

자유라는 단어.
듣기만 해도 읽기만 해도
마음의 빗장이 풀리고
시원한 바람이 불어오는 느낌이다.

1980년대 후반 내 나이 서른여섯 살 때,
당시 가장 유명하고 규모가 큰 토털 패션 회사에서
나를 고문으로 모시고 싶다고 제안하였다.
내 제자가 그 회사의 디자이너였는데
그가 나를 회사의 고문으로 추천한 것이다.
회사 측은 매일 오전 9시에서 오후 5시까지
근무할 수 있는지를 물었다.
나는 그건 어렵다고 했다.

하나뿐인 나에게 예의를 갖출 것　　　　　　　　　자존　45

매일 출퇴근할 형편이 안 될뿐더러,
대학 강의도 놓치고 싶지 않았고
무엇보다 무대의상 작업 또한 계속하고 싶었다.

회장님께서 내게 근무 조건을 제시해달라고 하셨다.
나는 주3일 근무를 말씀드렸다.
흔쾌히 근무 조건을 받아주신 회장님이
갑자기 의전차량에 대해 물어오셨다.
회사 상무이사 직급의 임원에게는
국내 생산의 고급 세단을 제공하고
운전기사 분도 따로 배정해주신다고 했다.
특히 나는 상무급 고문이니
더 특별하게 차종과 색을 선택하라고 말씀하셨다.
예상치 못한 대우에 적잖이 당황했다.

운전기사가 있으면 출퇴근은 편하겠지.
뒷좌석에서 책도 읽고 서류정리도 할 수 있겠고.
장점이 주르륵 떠올랐다.

한편 기사 분을 배정받음으로써 예상할 수 있는 단점도 있다.
내가 이곳에서 일하게 된다면
1년 단위로 재계약을 맺는 계약직이다.

일이 고되거나 마음에 들지 않으면
1년 뒤에 그만둘 수도 있는데,
기사가 운전해주는 의전차를 타면서 그 편안함에 익숙해지면
추후 그만두었을 때 불편함을 견디기 힘들 것 같았다.

나는 잠깐 생각해볼 시간을 가진 뒤
의전차 제안을 정중히 사양했다.
회장님께서 놀란 표정으로 물으셨다.
"보통은 의전차 제공을 요구하거나
더 큰 차를 제공할 수 없는지 묻는데
사양하는 이유가 있으신가요?
차종이 마음에 안 들면 말씀해주시죠."

나는 사양하는 이유를 말했다.
"제가 평생 누릴 수 있는 편의가 아니고,
언젠가 되돌려줄 호사라면
애초에 익숙해지지 않는 게 좋겠습니다.
재직하는 동안 최선을 다해 회사의 이익을 위해 일하겠습니다."

예부터 집안의 어른들이 항상 말씀하셨다.
분수껏 살아야 탈이 없고
뱁새가 황새 쫓아가면 가랑이가 찢어진다고.

그 후 회사에 들어가 열심히 즐겁게 일하다가
훗날 내가 떠나고 싶을 때 과감히 떠났다.
미련 하나 없이 자유로웠다.

내 나이 일흔 살이 되기까지
관공서, 일반 기업 등과 일하며 계약서를 수차례 주고받았다.
사용자를 '갑'으로, 노동자를 '을'로 지칭하는 계약서를 보면
노동자가 인격체로 대우받지 못하고
도구로 여겨진다는 생각이 들어
늘 가슴이 경직되는 기분이었다.
계약 조항을 보면
갑보다 을의 책임과 의무가 몇 배나 더 많지 않은가.
그래서 나는 계약서를 쓸 때마다
속된 표현으로 머슴살이하러 가는 기분이 들었다.
'내가 비록 을이라도 자유롭다고 느낄 수 있는 방법은 없을까?'
진지하게 고민하여 내린 결론은 이것이다.

나의 가치 비용을 조금 할인하는 것.
나를 조금 할인해서 팔고 최선을 다해 일하는 것.
그러면 늘 내가 우위에 서 있지 못해도
동등한 위치에서 내 목소리를 낼 수 있다고 생각한다.
'내 월급만큼 받고 나만큼 일하는 사람은 없을 걸요?'

하며 말할 수 있을 정도의 능력도 필요하다.

"그럼 연봉을 깎으란 말이에요?"
"세상 물정 모르고 하는 소리 아니에요?"
이렇게 묻는 사람들이 있다.
"내 자유를 빼앗기지 않을 만큼 받으면서
동시에 내 자유를 지킬 수 있다면
자신의 가치 비용은 조금 할인해주세요.
조금 더 받아서 내 자유를 빼앗기지는 마세요.
훗날 직장을 떠날 때 아쉬움이 남을 것 같은 특혜는
더더욱 받지 마세요."
나는 이렇게 답하고 싶다.

《죽음의 수용소에서》라는 책이 있다.
나치의 강제수용소에서 살아남은 저자 빅터 프랭클은
극한 상황에서 자유를 포기하지 않았다.
모든 것을 빼앗겨도 자유만은 빼앗기지 않았다.
나를 나답게 만드는 자유는 이토록 소중하다.

비
혼
주
의
자
들
에
게

나는 부모님의 강권으로 조혼을 했지만
본래 비혼주의자 혹은 만혼주의자였다.
막상 결혼하고 나니
모래주머니를 달고 뛰는 듯 고단했다.
일과 가정을 모두 챙겨야 했기 때문이다.

그래서 비혼과 결혼 중 무엇이 더 좋냐고 묻는 이들에게
둘 중 하나를 선택하라고 말하지 못한다.
다만 조심스럽게 제안해본다.
'나는 죽을 때까지 비혼'이라는 장담은 보류하면 어떨까.

주변 지인들이 가끔 나에게 고민을 털어놓는다.
비혼으로 살겠다는 자식을 어찌하면 좋겠냐고.

나는 이렇게 대답한다.
억지로 결혼을 시키지 말라고. 자식들 선택에 맡겨보라고.
때로는 불행한 결혼보다 행복한 비혼이 낫다고.
때가 되면 자식들이 알아서 선택할 거라고.

요즘 젊은이들은 견문도 넓고 지혜롭다.
그래서인지 여러 가지 이유로 비혼을 선택한다.
취업난, 주거 문제, 자녀 양육비용 등 현실적인 이유도 있지만
어느 한 가지 때문에 비혼을 선택한다고 콕 집어 말하기 어렵다.

주변 지인 중 종갓집 아들이 있다.
그는 자기 어머니가 1년에 열 번, 거의 다달이
기제사를 지내는 걸 보고 비혼을 선언했다.
"나는 21세기에 어머니 같은 여자를 찾을 자신이 없고,
아버지같이 막무가내로 당당하게
아내에게 다달이 제사를 지내라고 요구할 용기도 없습니다."

이렇게 말하는 아들을 누가 불효자라 말할 수 있을까.
그는 현명하고 사려 깊은 젊은이다.
종갓집 장손도, 장손의 아내도,
기제사 지내는 일을 즐겁게 할 수 있다면
더할 나위 없이 좋겠지만,

그렇지 않다면 결혼생활이 곧 괴로움일 것이다.

결혼이 무엇인지 객관적인 정의를 되새겨본다.
특정한 이성을 만나 그 이성과만 성생활을 하고,
자식을 낳아 가정을 꾸리겠다는 선언 아닌가.
또는 서로 사랑하는 두 사람이 만나
자식을 낳지 않고 평생을 살겠다는 결정 아닌가.
이렇게도 중요한 일생일대의 결정인데
누가 이래라저래라 말할 자격이 있을까?

우리는 지구 한 귀퉁이에 초대받아 온 생명체다.
종족보존의 목적을 달성하러 온 생명체가 아니다.
그러니 열심히 생명을 누리며 살다가 떠나면 그만이다.
무엇 때문에 자신이 왔다 간 흔적을 남겨야 하는가.

"내가 선택한 방식대로 살도록 나를 내버려두세요.
지구상에 사라진 문화, 종족, 국가가 얼마나 많은데요."
비혼주의자가 이렇게 말한다면 국가는 어떻게 말할 것인가.
결혼율과 출산율이 감소하여
우리나라가 멸망할 운명에 처해 있다고 하자.
그 운명의 책임을 어찌 젊은이들에게 떠맡길 것인가.
종족보존, 겨레 사랑 같은 막중한 책임과 의무를

젊은이들에게만 지우고 싶지 않다.

어찌 생각해보면 종족보존은 인간의 본능이다.

그 본능을 말살시킨 원인을 파악하고

사회가 서로 협력하여 더 나은 세상을 만들어가야 하지 않을까.

비혼주의자들에게 꼭 묻고 싶은 이야기가 있다.

긴 인생을 어떤 여정으로 채울 것인가?

어떤 경험을 하며 살아갈 것인가?

삶의 목표는 확실한가?

수도자들처럼 이타적으로 살기 위해

비혼을 선택하는 삶을 나는 존중하고 존경한다.

나는 비혼주의자들에게도

이렇듯 확고한 철학이 있냐고 묻고 싶다.

비혼주의자들에게 해주고 싶은 이야기가 있다.

비혼, 결혼… 둘 중 하나만을 정해두지 않길 바란다.

사랑하면서 함께 살고 싶은 사람이 생겼는지,

사랑하면서 행복하고 싶은지, 여기에 집중하면 좋겠다.

혼자 살아도 좋고, 함께 살아도 좋다.

그게 꼭 결혼일 필요는 없다.

다만, 자식을 낳아 소중하게 기르는 경험은

그 무엇과도 비교할 수 없을 정도로 귀한 일이다.
얼마 전 작고한 프랑스의 불세출한 패션 디자이너
피에르 가르뎅도 이렇게 말했다.
"자식을 가져보지 못한 게 가장 후회스럽다."
하지만 자식을 낳아 책임지고 보살필 자신이 없다면
자식을 낳지 말아야 한다.
나의 불행을 자식에게 전염시키지 말아야 하니까.

피에르 가르뎅이 한 말을 입 밖으로 꺼내기 전에
나 자신을 되돌아보며 반성부터 해본다.
나, 그리고 우리 사회의 어른들이
젊은이들의 종족보존 본능까지 억제하게끔
세상을 망친 건 아닌가 하고.

선택할 수 있는 것과
선택할 수 없는 것

뜻대로 할 수 없는 일이 많다.

부모를 선택하는 일, 국적을 선택하는 일…

우리는 자신을 구성하는 모든 요소를 거의 선택할 수 없다.

죽는 날을 선택하는 것도 그러하다.

물론 스스로 목숨을 끊는 비극도 있을 수 있고,

이민을 떠나 귀화하는 방법도 있겠지만

애초에 태어난 국적은 어찌할 수가 없다.

누군가는 부유한 나라의 국적을 갖고 태어나

세계 어디를 가나 대접을 받고

누군가는 가난한 나라의 일원으로 태어나

지구촌 곳곳에서 천덕꾸러기 취급을 당한다.

작은 고무보트 한 척에 생사를 걸고 유럽으로 건너와

구걸 행각을 벌이는 난민을 볼 때는
대상이 없는 분노가 올라온 나머지 무력감마저 든다.
누구나 이런 삶을
선택하고 싶어 하지 않는다는 걸 알기에.

피부색도, 부모도, 국적도 아무것도 선택할 수 없었던 존재가
자신의 미래를 설계하고 싶어
목숨을 건 선택을 한 모습에는 경외심까지 들지만,
내가 할 수 있는 일이 고작 내가 가진 몇 푼으로
도와주는 일밖에 없다는 생각에 힘이 빠진다.

내가 이탈리아에 있을 때
나에겐 아프리카 친구와 필리핀 친구들 몇 명이 있었다.
그중 한 명은 단골 슈퍼마켓 앞에서 구걸하던,
나이지리아 출신의 학사까지 마친 걸인이다.
구걸할 땐 하더라도 비굴한 티를 내지 않는 그에게
어느 날 말을 걸었다.
앞으로의 계획은 어떻게 되는지,
언제까지 이렇게 살려고 하는지 물었더니,
"나이지리아에는 일자리가 없어서 넓은 세상을 찾아
여기까지 왔어요. 신께 감사한 일이지요. 여비를 더 모으면
스웨덴처럼 시급을 높게 주는 곳으로 떠나려고 해요."

그가 희망찬 어조로 말했다.

"돈을 벌면 고향에 보낼 거예요. 먼 데서 여기까지 오는 동안
희생된 동료도 있는데, 나는 행운아지요."

눈시울을 붉히며 말하는 그를 보고 숙연해졌던 기억이 난다.

또 다른 한 명은 필리핀이 고향인데,
여덟 곳의 위생 관리를 맡은 청소부로 일하고 있다.
그는 영문학 학사 출신으로,
쌍둥이 딸 둘과 아들 하나,
이렇게 세 남매를 키우는 가장이었다.
그런 그는 항상 웃는 얼굴로 나를 반겨주었다.
내가 힘들지 않느냐고 물으니 대답은 간단했다.
"내가 일해서 가족이 행복하니까 더 바랄 게 없어요."

이탈리아에서 사는 삶이 어떤지 물으니
철학자 같은 대답이 돌아왔다.
"내가 선택할 수 없는 것들에 신경 쓰며 고통받고 싶지 않아요.
내가 해결할 수 없으니까요.
내가 선택할 수 있는 것들을 잘 골라서
최선을 다해 살고 싶어요.
사랑하는 가족과 저녁 늦게라도 함께할 수 있는
지금 이 삶이 소중해요."

나이지리아 친구와 필리핀 친구는
내가 예상하지 못한 인생의 큰 교훈을 주었다.
애초에 내가 선택할 수 없는 것에 대해서 불평하지 않는 것.
가장 단순하고 평범하지만 가장 비범한 진리였다.

장 폴 사르트르가 말하지 않았는가.
"인생은 'B' birth와 'D' death 사이의 'C' choice다."
그래, 내가 선택할 수 없는 걸 붙들고 불평하지 말고,
내가 선택할 수 있는 걸 심사숙고해 선택하여
그 택한 일에 후회하지 말자.
나의 행복을 스스로 지켜나가자.

구체적으로 꿈을 꾸는 건

즐겁게 사는 데 자양분이 된다.

청년기에는 이기적인 꿈.

노년기에는 이타적인 꿈.

나에겐 언제나 꿈이 있었다.

이렇게 쓰고 보니,

마틴 루서 킹의 명언 "I have a dream"이 떠오른다.

어린 시절 나는 패션 디자이너가 되겠다는 꿈을 꾸었다.

내 이름을 내건 브랜드는 없지만,

패션계에서 두루 일해보았으니

이만하면 얼추 꿈을 이루었다는 생각이 든다.

그런 나에게도 어린 시절엔 또 다른 꿈이 있었다.

간호사가 되거나 훌륭한 자선 사업가가 되어
아픈 사람과 어려운 사람들을 보살펴주고 싶었다.

패션 디자이너가 되겠다는 꿈은 이기적인 꿈이었다.
못생겼다는 콤플렉스를 극복하고 싶은 욕구에서 생긴 꿈이었다.
간호사나 자선 사업가가 되는 꿈은 이타적인 꿈이었다.
어릴 적 주변에서 흔하게 봐왔던
어려운 이들을 접하며 생긴 꿈이었다.

패션계에서 일하다가 남은 세월을 어떻게 보낼지 고민하던 중
1995년 6월에 나의 일터였던 삼풍백화점이 무너졌다.
감정을 주체할 수가 없었다.
하루아침에 내가 나가던 직장이 없어졌다.
하늘로 떠난 이들 중엔
나와 함께 일하던 동료와 동창도 있었다.
살아난 안도감, 희생자에 대한 미안함…
하지만 단순한 슬픔만은 아니었다.
왜 이렇게 엉터리로 건물을 지었냐고
그 건물을 지은 당사자가 내 앞에 있다면
당장 멱살이라도 잡고 싶었다.

그때 화려한 분야의 일만이 아니라

전혀 다른 반대쪽 일도 해보자고 생각했다.

그 후 큰아들이 큰 수술을 받았고 수술실 앞에서

신께 무릎 꿇고 했던 약속을 실행하기로 마음먹었다.

그렇게 나의 50대, 60대를

사회복지기관에서 봉사를 하며 보냈다.

호스피스 자격증도 따두었다.

주변인들이 떠날 때 쓰일 수도 있으니까.

말이 봉사지, 사실 봉사가 아니라 취미였다.

봉사는 남을 위해 노력하는 행위 아닌가.

그런데 나는 엄청난 노력을 들였다기보다는

내 스스로 시간을 정해놓고

순전히 내가 좋아서 보육기관을 찾았다.

그러니 봉사보다 취미라는 표현이 더 적합하다.

갈 때 즐겁고, 가서 즐겁고, 돌아올 때 즐거우니,

이런 멋진 취미가 또 어디 있을까.

25년 가까이 베풀며 살고자 노력하면서 많은 걸 깨달았다.

나는 참 철딱서니 없는 어른이었다는 것.

어려운 환경에 처해 있는 어린아이들이

꿈을 키우고 희망을 갖고 사는 일이

말처럼 쉽지 않다는 걸 직접 목격하니,

내가 해야 할 일들이 더 선명해졌다.

경제적으로 매우 넉넉하다면
자선 재단을 만들어 버려진 아이들을 보살피고 싶은데,
꼬맹이들의 간식과 장난감 정도만 챙겨줄 여유밖에 없으니
앞으로도 갈 길이 멀다.
보육원에서 나가야 하는 새내기 청년들에게
어깨를 내주며 기대라고 하고 싶은데,
몇 명에게만 그런 역할을 해줄 뿐이니 나는 여전히 미약하다.

옛 속담에 '소도 언덕이 있어야 비빈다'고 했다.
어린이와 청소년들이 자신의 처지를 비관하지 않고
꿈을 키우고 정진할 수 있도록 도와주는 게 지금 나의 꿈이다.
한때 아름다운 옷을 만들었다면
이제 아름다운 세상을 만드는 데 기여하고 싶다.

시인 랠프 월도 에머슨은
그의 시 〈무엇이 성공인가〉에서 이렇게 말했다.
'세상을 조금이라도 더 좋게 만들고 떠나는 것
당신이 살았음으로 해서
단 한 사람의 인생이라도 더 행복해지는 것
이것이 진정한 성공이다.'

내가 어릴 때 친정어머니는
새 옷을 사와서 나에게 입히시며 말씀하셨다.
"너는 너무 마르고 얼굴도 작아서
새 옷을 입혀도 태가 안 난다."
어쩌다 오빠랑 싸우다 울면
"입이 큰 여자애가 울면 메기 아가리처럼 된다."

그런 말씀을 하실 때마다
나는 안데르센 동화 속 〈미운 오리 새끼〉를 떠올리며
'난 꼭 예뻐져야지. 미운 오리 새끼에서 백조가 되어야지'
속으로 다짐하며 어머니를 향해 입을 삐죽거렸다.

중고등학교에 진학할 무렵,

나는 교복이 예쁜 학교에 가고 싶었다.

하지만 엄격한 친정아버지는

"명숙이를 현모양처로 키워야지"라고 하시면서

교풍이 엄하기로 유명한 학교로 진학시키셨다.

문제는 그 학교의 교복이 전혀 예쁘지 않았다는 점이다.

딸을 현모양처로 만들고 싶은 친정아버지의 뜻은 완고하셨다.

'난 멋진 직업을 가진 멋진 여자가 되어야 하는데…

미운 오리 새끼에서 백조로 변해야 하는데…

그런데 현모양처라니?'

전혀 그림이 그려지지 않았다.

중고등학교 진학을 결정하는 데에는 결국 순종했지만

대학을 결정할 때는 많은 고민을 했다.

여자들만 가는 대학의 가사과를 졸업해서

시집가는 수순을 밟으라고 아버지는 강권하셨지만,

나는 아버지를 거듭 설득했다.

아버지 말씀을 이번에는 거역하겠노라고…

하지만 합격하지 못한다면 앞으로 모든 것에 순종하겠다고…

이런 조건을 걸고서 결국

여자들만 가는 학교의 미술대학을 선택했다.

다행히 실패하지 않고 미대에 합격하였다.

(아버지! 존경하고 사랑하는 아버지이지만, 정말 이 대목은 너무 답답합니다)

미술대학 4년 동안 멋도 실컷 부리고
예쁜 것을 찾아 열심히 돌아다녔다.
중고등학교 시절 답답한 교복에 갇혀 살았던 갈증도 풀고,
미운 오리 새끼에서 백조로 변신하기 위해
좌충우돌하며 지냈다.

대학을 졸업하자마자 결혼을 하고
밀라노로 떠나 유학 생활까지 마쳤다.
다시 귀국하여 하루하루 바쁜 일상을 보내던 때,
정신없이 사는 딸이 안쓰러웠는지 친정어머니께서는
가끔 오셔서 내 아들들이자 당신의 손주들을 돌봐주셨다.

그때 했던 어머니 말씀이 기억난다.
"명숙아, 네가 보는 이탈리아 패션지를 보니
패션모델들 입술이 꼭 너를 닮았구나.
옛날 너 어릴 적에 항상 울 때마다 입만 보여서
'내 딸이 이렇게 못생겨서 어쩌나. 시집은 또 어떻게 보내나'
하고 걱정했는데
이제 보니 내가 너를 최첨단 유행에 맞게 낳아주었네."

'아이고! 어머니, 감사합니다.
입 큰 여자도 미인 소리를 들을 걸 미리 아시고

저를 이렇게 낳아주셨네요.
당신의 구박이 저를 지금의 길로 이끌었네요.'

내 자신이 미운 오리 새끼가 된 것처럼 여겨졌지만
더 이 악물고 노력했기에 지금의 내가 만들어졌으리라.
이 땅의 젊은이들이 그때의 나처럼
천하에 못생겼다고 구박받지 않았으면 좋겠다.

힘냅시다!
당신은 미운 오리가 아니라 가능성이 있는 오리이고,
존재 자체로 아름다운 사람이니까요.

'숙제처럼, 말고

'축제처럼,

누구도 혼자 살 수 없고 남과 어울려 살아야 한다.
그런데 나는 이 말끝에 '그러나'를 붙이고 싶다.
장 폴 사르트르가 말했던가.
'타인은 지옥'이라고.
혼자 있으면 평화롭다가
함께 있으면 끔찍해질 때가 종종 있다.

결혼하자마자 어른들이 나에게 건넨 말씀.
"결혼하면 아기 낳아야지."
첫 아이를 낳자마자 어른들이 나에게 했던 말씀.
"아유, 자식이 둘은 있어야지."
둘째를 낳고 '이제는 어른들이 아이 얘기는 안 하시겠지?'
그런데 이게 웬걸?

"아들이 둘이면 나중에 쓸쓸해. 딸은 하나 있어야지."

그때 '으아악!' 속으로 소리를 질렀다.
내가 인생을 잘못 살고 있다는 듯이
대단한 인생 비결이라도 알려주겠다는 표정으로
나에게 한마디씩을 하던 어른들에게
순번제로 갓난아기를 맡기며 이렇게 말하고 싶었다.

'어르신들이여, 제발!
기저귀 한 번 갈아주시지 않을 거고,
이유식 한 번 만들어주시지 않을 거고,
가끔 만나면 까꿍! 한 번 해주면 그만인 분들이
왜 이렇게 오지랖이 넓으십니까?
우리 자식은 우리가 형편껏 낳아서 키울게요.
늙어서 외로워도 제가 외로운 거죠.
어르신은 자식 많이 낳아서 외롭지 않으신가요?
이리 간섭하시는 걸 보니 많이 외로우신가 보네요.'

결혼 전, 내가 나의 꿈을 버리지 않고
자아실현 하는 삶을 살고 싶어 하니
당시 내 남편(과거 구애자)은 이렇게 말했다.
"아이는 낳지 않아도 좋아."

그러나 결혼하고 나니 남편의 태도가 변했다.

남들과 똑같은 삶을 살라고 강요하더니
주변 어른들의 꼬임에 넘어갔는지,
아니면 아이 두 명을 키우는 친구들이 부러웠는지
아이 한 명을 더 낳자고 했다.
버티고 버티다가 남편의 꾐에 못 이기는 척,
아이를 또 낳았는데 또 아들이었다.

물론 두 아들을 둔 지금은 매우 좋다.
두 명 모두 커서 제 몫을 하며 제 갈 길을 가고 있으니
고마울 뿐이다.
허리가 휠 정도로 헉헉대던 날들이
과거가 되어 이제는 홀가분하다.

세상의 풍경이 바뀐 지금,
젊은이들에게 여전히 과거에 내가 들었던 멘트를 날리는
어른들을 보면 제발 그러지 말라고 말해주고 싶다.

어르신들이여, 제발 부탁입니다.
젊은이들과 할 이야기가 없으면 차라리 날씨 이야기를 하세요.
아니면 장점을 찾아서 칭찬 멘트를 날리세요.

본인이 판단하고 선택한 길을 즐겁게 걸어갈 수 있도록
응원이나 해주세요.
책임져주실 거 아니잖아요.
그들의 몫을 나눠서 도와주실 거 아니잖아요.
끊임없이 변하는 사회의 패러다임을 직시하세요.
아이를 낳고 잘 키우는 것도 좋지만
지금은 삶의 모습이 다양해요.
예전의 정서로 한 말씀 하고 싶은 거 제발 참으세요.

왜 굳이 정해진 틀에 모든 젊은이를 끼워 넣으려고 하세요?
적성에 맞지 않는 일을 하면 불행해질 텐데,
그들에게 불행을 강요하지 마세요.
편하게 살게 두세요.
기성세대는 인생을 숙제풀듯 살았지만
요즘 젊은이들은 축제처럼 살게 해줍시다.
경계선을 잘 파악하시고 선을 넘지 않을 때
어른 소리를 듣습니다.
요즘 세상에서 어른이 되는 건 정말 힘든 거래요.

초등학교 2학년 때 같은 반이었던 동창과 데이트를 했다.
같은 골목에 살아서 각별하게 지냈던 인연으로
거의 한평생 이어온 우정을 기념하는 시간을 보냈다.

가장 먼저 57년 만에 졸업한 초등학교를 찾았다.
그렇게 넓어 보였던 운동장은
《걸리버 여행기》의 소인국처럼 작아 보였다.
초등학교 운동장을 거인처럼 큰 폭으로 걷다 보니
초등학생 때의 기억이 수채화처럼 퍼져나갔다.

내가 초등학교 2학년 때 4·19혁명이 일어났고
초등학교 3학년 때 5·16군사정변이 일어났다.
어릴 때라서 당시엔 4·19혁명과 5·16군사정변이

무엇을 의미하는지 몰랐지만,

가방을 챙겨 빨리 귀가하라고 말씀하시는

담임 선생님의 어두운 표정을 보며

두려움이 엄습했던 기억이 난다.

이웃 아주머니들과 친정어머니가 나누시는 이야기를

귀를 쫑긋거리며 귀동냥해보았지만,

자세한 내막을 알지는 못했고

지금 뭔가 무서운 일이 벌어지고 있음을 알 수 있었다.

어린 시절에 겪은 이런 경험은

내 안에 두려움을 만드는 요소로 작용했다.

두려움의 감옥에 갇혀 살다가 40대 초반이었을까.

내 가슴에 묵직하게 똬리를 튼 두려움과 씨름을 할 때

U. G. 크리슈나무르티의 책을 읽다가 이런 문장을 발견했다.

'두려움은 내 마음 안에 있다.

내 마음 바깥에 있는 게 아니다.'

문득 깨달았다.

내 마음의 감옥에 갇힌 나를 누군가 꺼내줄 수 있는 게 아니라

내가 스스로 감옥에서 나와야 한다는 사실을.

내 마음 안에 손잡이가 있기에

그 손잡이를 내가 직접 돌리고 나와야 한다는 냉정한 현실을.

내 마음 바깥에 손잡이가 있다면 타인의 도움을 받을 수 있지만
안타깝게도 현실은 정반대라는 것을.
내가 가진 두려움을 스스로 떨쳐버릴 때
비로소 어른이 된다는 것을.

친구와 운동장을 둘러본 뒤
내가 결혼하기 전 살던 동네를 찾아가기로 했다.
무거운 책가방을 들고 귀가할 때는 멀게만 느껴졌는데
오랜만에 만난 벗과 밀린 이야기를 하다 보니
단숨에 고향 집에 도착했다.
46년 전까지 부모님과 함께 살던 집이었지만,
지금은 내가 모르는 다른 분이 거주하고 있었다.
사는 사람은 바뀌었지만 집의 모습은 거의 그대로였다.
고향 집이 그 자리에 그대로 있어주니 얼마나 고마운지
반가운 마음에 코끝이 찡했다.

그리움과 애틋한 감정에 한동안 말을 잃었다.
저 안식처를 가족에게 제공하기 위해
부모님은 얼마나 많은 두려움이라는 장애물을 넘으셨을까?
어릴 때는 부모님 마음도 모르고
부모님은 전지전능하신 줄 알고,
나는 조르고 요구하기만 했었다는 사실이 부끄러웠다.

갑자기 부모님에 대한 그리움과 함께,
못생겼다는 콤플렉스를 극복하지 못해
항상 천방지축 튀려고 안달하던 딸에게 해주셨던
아버지의 가르침이 떠올랐다.

"선한 의지를 갖고 최선을 다한 거기까지가 자신의 몫이다."
"진정한 용기는 눈앞의 현실을 직시하며 회피하지 않는 것이고,
자신의 과오를 인정하고 반성하며
자신의 한계를 인정하는 것이다."
"어떤 상황에서도 발끈하며 반응하지 말고,
사태 판단을 지혜롭게 한 뒤 대응하는 게 현명하다."
"어떤 상황에서도 자처초연*하며 자신을 삶의 중심에 둬라."
"생활이 어려운 이웃은 꼭 보살펴줘라."
"눈물 젖은 빵을 먹어보지 못한 사람과는 인생을 논하지 마라."
"돈이 사람을 쫓아오게 해야지,
사람이 돈을 쫓아가면 치사해진다."
"인간의 가장 귀한 가치는 지고지순한 사랑이다."
"어떠한 부정적인 경험도 자기가 어떻게 승화하느냐에 따라
치욕의 과거가 될 수도 있고, 빛나는 월계관이 될 수도 있다."

*   경주 만석지기 최 부자 가문은 자신을 지키는 지침인 '육연六然'과 집안을 다
      스리는 지침인 '육훈六訓'을 대대로 강조했다. 자처초연自處超然은 육연의 첫
      번째로 '자신에게 붙잡히지 않고 초연하게 지낸다'라는 의미이다.

어려운 집안의 장남으로 태어나 소년가장으로 사셨던
아버지의 삶에 대한 자세를 떠올리니,
그제야 그 옛날 아버지가 하셨던 말씀이 가슴에 와닿았다.
미국의 시인 헨리 워즈워스 롱펠로의 〈에반젤린〉과
기 드 모파상의 〈진주 목걸이〉를 읽어보라고 권해주시며
삶의 가치를 물건이나 세속적인 데 두지 말고
좀 더 높은 곳에 두라고 일러주시던 분이 나의 아버지셨다.

문득 아버지께 용서를 구하고 싶었다.
'동서고금 어느 성현의 말씀보다 더 좋은 훈계를 듣고 자랐건만
그 가치를 모르고 천방지축이었음을 용서해주십시오.'
인생을 비디오테이프처럼 다시 뒤로 돌릴 수 있다면
얼마나 좋을까.
인생을 되돌릴 수 있는 건 불가능하기에
내 삶의 좌우명이 된 기도문을 반복해서 되뇌며
고향 집에서 발길을 돌려 현실로 돌아왔다.

"바꿀 수 없는 것은 받아들일 수 있는 평온을,
바꿀 수 있는 것은 바꾸는 용기를,
또 그 둘의 차이를 구별하는 지혜를 주옵소서.

하루하루 살게 하시고

순간순간 누리게 하시며

고통을 평화에 이르는 길로 받아들이게 하시옵소서."*

*   라인홀드 니부어, 〈평온을 비는 기도〉 중.

'지맥'대로 사는 거지

김치, 매운탕, 토마토, 페퍼로니,
커피, 녹차, 초콜릿, 티라미수, 마카롱, 포도주…
건강 식품? 장수 식품? 치매 예방 식품?
체질과 알레르기 때문에
내가 못 먹는 식품 목록이다.
한국인이 김치를 못 먹는다니, 상상이나 하실까?

나는 한국인이니까
어릴 때는 으레 식탁에 김치가 있으면 먹기는 했는데,
그때마다 항상 물에 씻어서 먹었다.
그렇게 해도 여지없이 구내염을 앓았다.
어머니는 몸이 약하고 저항력이 부족해서
구내염이 생긴다 하시며 비타민을 장복하게 하셨다.

그러다 어느 날 구내염이 씻은 듯이 나았다.
남편과 처음 이탈리아에 간 지 2주쯤 지났을까.
김치가 없으니,
그래서 안 먹게 되니 구내염이 사라졌다.
'이럴 수가, 원기를 회복한 모양이구나'라고 단정을 지었다.

그 후, 김치가 없으면 식사한 것 같지 않다는 남편을 위해
어렵사리 무와 배추를 구해 김치를 담근 뒤
몇 젓가락을 집어 먹어보았다.
아니나 다를까, 구내염이 또 생기고 말았다.

그 후 우연한 기회에 의사와 상담을 했더니
어이없게도 내가
'캡사이신 알레르기'를 갖고 있다고 진단했다.
아니, 무슨 한국 사람이 김치와 고추장을 먹을 수 없는
캡사이신 알레르기?!
천상 서양인 체질인가? 그것도 아닌 것 같은데?
결국 '몸이 싫다면 안 하면 되잖아' 하고 생각하기로 했다.

골골거리는 백 년이 아니라
팔팔한 백 년을 살아야 하는 백 세 시대다.
나 역시도 예외가 아니어서 건강 관련 책을 사보곤 한다.

그러다 빠져든 게 사상의학*이다.
중년으로 접어든다는 40대 초반 때였으니,
벌써 30년 전 일이다!

내가 사상의학에 빠져들었던 이유는
의식주 등 실생활을 이해하는 데 도움이 되었기 때문이다.
오래전 서양에서도 음 이론, 양 이론으로 나눠서
옷 입는 스타일을 구분하는 학설이
발표된 적이 있어서 더욱 흥미로웠다.
영어로 인yin 스타일이라 불리는 음 체질은
따뜻한 색의 옷을 입으면 좋고,
양yang 스타일이라 불리는 양 체질은
차가운 색의 옷을 입으면 좋다는 식의 설명이었다.
요즘 유행하는 쿨 톤, 웜 톤과 일맥상통하는 이론이라
재미 삼아 나와 남편을 사상의학에 대입시켜 보니
그야말로 족집게가 아닌가!

---

* 사상의학은 사람의 체질을 네 가지로 분류한 학설이다. 이를 발전시켜 여덟
가지로 사람의 체질을 나누기도 한다. 태양인, 태음인, 소양인, 소음인, 네
가지 체질로 구분하고 네 가지 사상인을 각각 둘로 구분한다. 태양인은 금양
과 금음 체질로, 소양인은 토양과 토음 체질로, 태음인은 목양과 목음 체질
로, 소음인은 수양과 수음 체질로 구분하여 여덟 가지로 나뉜다.

남편은 더운 여름에도 솜이불을 찾고
차가운 맥주, 냉면을 먹으면 바로 배탈이 난다.
술도 뜨거운 술, 국도 뜨거운 국만 먹는다.
뭐든지 뜨거운 음식을 먹어야 탈이 안 나는 음 체질이다.
조용히 방에서 책 읽기를 좋아하고,
여행지도 한식당이 있거나
쌀밥을 먹을 수 있는 동남아를 선호한다.

나는 정반대인 양 체질이다.
뜨거운 체질이라 열이 많다.
웬만해서는 배탈도 나지 않는다.
차가운 맥주를 좋아하니,
맥주가 맛있는 독일이나 영국, 북유럽에 가면
내 집처럼 편안하게 지낸다.
해보고 싶은 일도 많고 호기심도 많아 가고 싶은 곳도 많다.
김치는 먹지 못하고 밥도 그립지 않다.

한마디로 음 체질에게 좋은 것은 양 체질에게는 독.
양 체질에게 좋은 것은 음 체질에게는 독.
우리가 이렇게 서로 다른 체질을 이해하고
부부싸움을 하지 않기까지 너무 많은 세월을 낭비했다.
사상의학을 공부하며

우리 부부가 사는 방식의 답을 찾았다.

'따로 또 같이.'

내가 어릴 때, 엉터리로 만든 옷을 인형에게 입히며
신바람이 나서 노래를 흥얼거리면 어른들이 말씀하셨다.
"에구, 오늘은 명숙이가 아주 '지 맥'으로 신이 났구나!"

'지 맥'… '자신의 타고난 맥박'을 뜻하는 줄임말이다.
참 멋진 말이다.
자기의 타고난 맥박대로
따로 또 같이 자유롭게 공존할 수 있다면 얼마나 좋을까.

어리둥절한 요즘이다.

집 밖을 나서는 순간 긴장하게 된다.

이른바 내가 인기 유튜버란다.

"유튜브 해주셔서 감사합니다."

"같이 사진 찍고 싶어요."

"저도 아미치*예요."

언제 어디서 어떤 분이 다가와 인사를 건넬지 모르기에

외출할 때 한 번 더 옷매무새를 살펴본다.

---

*   Amici, 이탈리아어로 '친구들.' 유튜브 〈밀라논나〉 채널에서 구독자를 아
     미치라 부른다.

언짢은 일이 있거나 기분이 저기압이어도
평온하고 온화한 표정을 지으려고 노력한다.

'인생 계획에 없던 유튜버가 되어 이런 칭찬을 듣는구나!'
응원의 댓글을 읽다 보면
입가에 미소가 번지고 한없이 고마운 마음이 밀려온다.

한데 간혹 내 말이 본의 아니게
달리 해석되는 걸 보면 가슴 한편이 쓰리다.
나는 산전수전 다 겪은 할머니니까
그럴 때일수록 나를 칭찬해준다.
칼 같은 말에 무너지지 않도록
잠시 묵상하는 것도 잊지 않는다.
또 미흡한 나 자신을 다시 되돌아본다.

좋은 칭찬을 들으면
여전히 쑥스럽고 오히려 나 자신을 되돌아보게 된다.
기성세대가 얼마나 젊은이들에게 실망감을 안겨주었길래
나 같은 맹탕 할머니에게
인생 멘토라는 과분한 이름을 달아줄까.
어쩌다 기성세대가 동방예의지국, 장유유서의 미덕을
현실에 맞춰 슬기롭게 이어가지 못하고,

'꼰대'라는 말을 들으며
비난의 화살을 맞게 되었을까.

유튜버로서 천착해봐야 할 화두들이 늘어난다.
진지하게 고민하고 담담하게 들여다보면
아마도 답이 나오지 않을까.

논나의 이야기

2

―

충실

24시간을 알뜰히 살아볼 것

날마다
걷는다

하루에 한 시간 이상 걸은 지 15년째.

비가 오나 눈이 내리나

어김없이 걷기 위해 집 밖을 나선다.

"오늘도 걷는다마는 정처 없는 이 발길."*

신발 끈을 묶을 때마다 콧노래를 자연스레 흥얼거린다.

젊을 때 나는 걷기를 어지간히 싫어해서

걸핏하면 피곤하다는 핑계로 택시를 자주 탔는데,

이제는 웬만한 거리는 죄다 걸어 다닌다.

그렇게 열심히 걸어온 덕일까.

걷는 자세가 반듯하고 등이 곧아서

* 〈나그네설움〉, 조경환 작사, 이재호 작곡, 백년설 노래.

사람들로부터 좋아 보인다는 말을 자주 듣는다.

내가 매일 걷기 시작한 사연은 이러하다.
15년 전 아침, 침대에서 일어났는데
오른쪽 골반에서 다리를 따라 발뒤꿈치까지
개미가 기어가듯 가렵고 바늘로 찌르는 듯한 통증이 느껴졌다.
이게 무슨 일이지? 걱정이 엄습해 병원에 갔더니
척추전방전위증이라는 통보를 받았다.

어떻게 해야 하는지 물으니,
"태생적인 기형인데 젊어서는 잘 모르다가,
노화가 진행되면서 나타나는 증세입니다.
아주 희귀한 케이스는 아니고요."
정형외과 전문의는 답했다.
나만 겪는 불상사가 아니라는 생각에 조금 덜 억울했지만
"살짝 어긋난 척추 뼈가 제대로 어긋나면,
하반신 마비까지 올 수 있어요.
척추에 철심을 박는 수술을 할 수도 있고요"라는
경고를 들으니 불안했다.

통증을 완전히 없앨 수는 없고,
허리 근육을 강화하는 방법이 최선이라고 전문의는 말했다.

똑바로 걷고,

골반이 틀어지지 않게 바르게 앉고,

무거운 것은 들지 말아야 하고,

한 자세로 오래 앉아 있지 말고,

다리를 꼬지 말아야 한다는 처방이었다.

가장 절망적인 처방은

장시간 비행기 탑승을 피해야 하는 점이었다.

현업 시절, 장거리 비행을 많이 했지만

대부분 출장이 목적이어서 아쉬움이 남았다.

이제야 자유로운 몸이 되어 여행도 자주 다니고,

가볍게 떠나보려 했는데

장시간 비행기 탑승을 되도록 피하라니!

정신줄을 바짝 붙잡고 정말 완치될 수 없는지 물었다.

"매일 꾸준히 걸어보세요.

그러면 허리 근육이 튼튼해져 고통이 줄어들 수 있어요."

이 대답을 듣고, 그때부터

나의 평생 걷기 프로젝트가 시작되었다.

이를 위해 가장 먼저 신발장을 정리했다.

옷맵시를 돋보이게 해주는 하이힐을 모두 꺼내

내 발 사이즈와 똑같은 주변 이들에게 이사시켰다.
높은 구두에 어울리는 스커트도 나누어주었다.
7년간 타던 차도 처분했다.
차를 판 대금을 아프리카 카메룬에 보냈고,
부모를 잃은 아이들의 보금자리를 마련하는 데 썼다.

그리고 즐겁게 걸을 수 있는 집 근처의 장소를 물색했다.
걸으면서 여러 가지 일을 할 수는 없을까.
곰곰 생각하다가 지하철로 이동하며 걷기로 했다.
약속 장소까지 가능한 한 지하철을 타고,
도착역보다 두 역 앞에서 내려서
30분가량을 걷는다.
집으로 갈 때도 같은 방식으로 30분가량을 걷고,
이런 식으로 하루에 한 시간 이상 걷는 습관을 들였다.

이렇게 15년 동안 매일 걸으니 가장 좋은 건,
허리 근육이 튼튼해져 장시간 여행도 할 수 있고
내가 원할 때 밀라노로 날아갈 수도 있게 되었다.
게다가 햇볕을 쬐며 걷는 습관을 들였더니
다리도 튼튼해지고, 자세도 곧아지면서
골다공증 증세도 호전됐다.
더불어 불면증 증세도 나아졌다.

2017년 봄에는 이탈리아 친구들과
스페인의 산티아고 데 콤포스텔라를 여행하며
그곳에서 하루에 여덟 시간씩 걷기도 했다.

역시 내 좌우명이 맞았다.
걸림돌을 디딤돌로!
징징거리지 않고 앞으로 전진!
어차피 인생은 후진도 반복도 못 하는
일회성 전진만 있지 않은가.

모처럼 오전 일정이 없는 날이다.

거실 모퉁이에서 앉아 하염없이 햇살멍을 때린다.

어린 시절에 즐겨 앉던 자세를 하고서

아무것도 하지 않은 채 햇살을 느낀다.

고대 그리스의 철학자 디오게네스가 이해되는 순간이다.

알렉산더 대왕이 디오게네스를 찾아와

소원을 말해보라고 하자

"햇볕을 가리지 말고 옆으로 한 걸음만 비켜주시오."

이렇게 말하며 멍 때리기에 집중했다는 일화가 떠오른다.

"쓸데없는 욕심을 버리고,

지금 이 순간을 만족하며 즐기고,

부끄럽지 않은 삶을 사는 게 행복"이라는

디오게네스의 말이 새삼스레 가슴에 와닿는다.

멍 때리기를 하면
뇌파가 느려지고 맥박과 심박수가 안정되면서
심신이 회복된다고 한다.
머릿속이 뒤죽박죽될 때 무념무상의 상태로 전환하면
화도, 슬픔도 잠시 괜찮아진다.

모닥불을 우두커니 바라보는 불멍,
숲을 가만히 응시하는 숲멍,
흐르는 물을 그저 쳐다보는 물멍,
소리에 귀를 기울이는 소리멍,
여기에 햇살멍을 추가해보자.
가장 쉽게 할 수 있는 멍 때리기다.

잠시 햇살멍을 때린 뒤,
그 햇살멍 속에서 바라본 화초 잎 위에 쌓인 먼지를 닦는다.
먼지를 말끔히 씻어내니 초록빛이 선명하게 드러난다.
심신이 정화되는 기분이다.

초 단위로 아득바득 일하며 살던 때가 있었다.
그때는 출퇴근하기도 바빠서

햇살멍을 때릴 겨를조차 없었다.

그런데 지금은 이렇게 시시각각 변해가는 햇살을

보고 느끼고 있으니, 더할 나위 없이 명료하게,

아— 행복하다.

시간 관리자로
사는 방법

요즘 나에 대한 호기심이 모이다 보니
언론 매체에서 인터뷰 요청이 쇄도한다.
전부 응하지는 않는다.
나의 세세한 부분까지 노출하는 게 체질에 맞지 않고
원치 않는 긴장에 시달리기 때문이다.

내 모습, 내 생각과 다른 이야기를 보면
조금은 신경이 쓰이기 마련이다.
그중 내 안에서 자맥질하며
내면을 건드리는 단어가 있다.
'시간 빈곤자!'

일간지 기사에서 하루 여섯 시간도 못 자고

24시간을 알뜰히 살아볼 것

부단히 일했던 나를
'시간 빈곤자'라는 말로 압축하여 표현하였는데
나는 이 말이 다소 불편했다.
(이 글을 빌려 나에 관한 기사를 써주신 기자님께 감사하다는 말을 전한다.
다만 '시간 빈곤자'라는 표현을 짚고 넘어가고 싶다)

나는 '시간 빈곤자'가 아니라 '시간 관리자'다.
30, 40대에 나는 두 아들의 엄마, 한 남자의 아내,
부모님의 딸, 시어른의 며느리,
대학교수, 무대의상 디자이너,
패션 디자이너, 패션 컨설턴트, 패션 칼럼니스트,
의류 회사 고문, 백화점 고문 겸 바이어까지
정말 많은 역할을 동시에 수행했다.
그 당시엔 하고 싶은 게 많고 호기심도 많으니
주어진 시간을 쪼개 쓰는 방법밖에 없었다.

어느 날 아침에는 대학에서 강의를 하고,
오후에는 리허설을 보며
의상 디자인을 점검하기 위해 국립극장에 갔다.
또 다른 날 아침에는 회사로 출근해
다음 시즌 컬렉션을 점검하고,
오후에는 대학 강의를 하러 갔다.

바삐 산 덕분에 택시 기사님들만큼
서울 지리를 꿰뚫게 되었다.
건빵은 어느 제과 회사 제품이
내 입맛에 맞는지를 알게 되었다.
점심 식사할 시간이 없으면
차 안에서 가장 먹기 편하고 배를 든든히 채울 수 있는
건빵을 자주 먹었기 때문이다.

저녁형 인간이라 늦게 자는 건 어렵지 않은데
새벽에 일어나는 건 정말 고역이었다.
항상 잠은 부족했고
시간별로 일 처리를 하는 습관이 있었다.
이렇듯 발을 동동거리며 살았지만
단 한 번도 시간이 부족하다고 불평한 적은 없었다.
오히려 내가 '시간의 주인공'이라고 생각했다.

택배 서비스가 발달하지 않았던 시절,
퇴근길엔 항상 양손이 바빴다.
일주일치 메뉴를 짜고 몰아서 장을 봐도
커가는 두 아들의 먹성을 감당키가 쉽지 않았다.
'어떻게 하면 시간을 효율적으로 관리해서
극대화할 수 있을까?'

그 궁리만 했다.

항상 신나게 뛰어다녔고,

나에게 주어진 많은 역할을 해냈을 때는

가슴 가득 희열을 느꼈다.

누구보다 내게 주어진 여러 역할을 잘 해내야지!

이런 자부심으로 나를 채찍질했다.

이렇게 타이트한 인생을 즐겼다.

부자든, 빈자든, 여성이든, 남성이든, 아이든, 어른이든

전 세계 모든 사람에게 공평하게 주어진 유일한 것이

'하루'라는 24시간이다.

'어제 세상을 떠난 이가

그토록 보고 싶어 한 내일이 바로 오늘'이라 하는데,

오늘도 나는 공평하게 주어진 하루 24시간을

어떻게 하면 효율적이고 생산적으로 쓸지 머리를 굴린다.

내가 좋아하는 고 피천득 시인은 《인연》이라는 책에서

'위대한 사람은 시간을 창조해나가고

범상한 사람은 시간에 실려간다'고 말했다.

나는 위대하진 않지만

내 시간의 주인은 바로 나여야 한다.

나는 시간 빈곤자가 아닌 시간 관리자다.
시간을 알뜰하게 써서
내 삶을 풍요롭게 채워가려 하는
내 시간의 주인공일 뿐이다.

오감 만족!

행복 타임

한 시간 정도 햇살을 받으며 산책한 뒤
차가운 맥주 200cc를 마실 때
나의 미각은 행복해진다.

하루 일과를 끝내고 따뜻한 물로 샤워한 뒤
새 잠옷을 입고 침대 위에 몸을 누인다.
그리고 새로 교체한 이불 홑청을 만질 때
나의 촉각은 행복해진다.

목적지까지 한참 남았는데 차는 막히고…
하지만 바로 그때 자주 듣는 라디오 채널에서
좋아하는 음악이 흘러나올 때
나의 청각은 행복해진다.

24시간을 알뜰히 살아볼 것

충실

정리되지 않은 옷장 서랍을 열어
어릴 적 처음 크레파스를 샀을 때처럼
흰색 계열의 밝은 색에서 시작하여
점차 어두운 색으로 가지런히 옷을 정리할 때
그때 나의 시각은 행복해진다.

집 근처 카페 앞을 지나가는데
좋은 커피 향이 풍겨 나오고
그 향을 맡으면서 밀라노의 그리운 카페가 떠오를 때
그때 나의 후각은 행복해진다.

청각이 발달한 체질은
좋은 음악을 들으면 즐거워지고
소음에 더 예민하게 반응할 터이다.
후각이 발달한 체질은
향기로운 꽃향기를 맡을 때 입꼬리가 올라갈 것이고
미각이 발달한 체질은
맛난 음식을 먹을 때 기분이 좋아질 것이다.

행복이란, 매 순간 내 오감이 만족할 때 오는 것 아닐까?
자기 몸에 집중할 수 있을 정도의 여유를 갖고 살며,
내 오감 중 어떤 감각이 가장 잘 발달했는지 깨달을 정도로

자신을 관찰하고 사랑해야
자주 행복감을 느낄 수 있다.
머리만 굴리며 살지 않고 몸으로 느끼며 살아야 한다.
자기 자신의 몸을 토닥이고 쓸어주어야 행복해진다.

또 아주 특별하고 중요한 한 가지!
고대 로마의 시인 호라티우스가 시 〈오데즈〉에서 말한
카르페 디엠carpe diem을 실천하는 것이다.
현재를 산다는 건
매 순간의 느낌을 놓치지 않는다는 의미다.

아침 미사 뒤 오랜만에 햇살멍을 때린다.
40년 가까이 키워 천장까지 자란
벤자민고무나무 사이로 햇살이 들어온다.
나뭇가지들이 햇살을 받아 거실 벽에서 그림자놀이를 한다.
그 모습을 지켜보는 지금,
나의 오감 중 시각이 호사를 누리고 있다.
좋아하는 음악까지 곁들이면 청각이 호사를 누릴 테고
거기에 좋아하는 차향이나 커피 향까지 더해지면
후각과 미각까지 호사를 누릴 텐데…
나이가 들면서 불면증 탓에
차나 커피로 미각과 후각의 호사를 누리는 건 포기했다.

하지만 지금도 충분하다.

어찌 항상 오감 만족을 하겠는가.

안분지족도 행복감을 느끼는 한 가지 방법이 아닌가.

고등학교를 갓 졸업한 둘째 아들이

첫 데이트를 하고 귀가한 저녁이었다.

퇴근 뒤 냉장고를 열어보니

유명한 찜닭 집의 포장 백이 떡하니 자리 잡고 있었다.

둘째 아들을 불러 사연을 들어보니

저녁으로 찜닭을 먹었는데 남아서 싸 왔다는 것이다.

콩 심은 데 콩 나고, 팥 심은 데 팥 난다는 말처럼

자식은 부모의 뒷모습을 보며 자란다더니!

웃음을 참으며 둘째 아들에게 물었다.

"어찌 첫 데이트를 하는 날, 남은 음식을 싸 왔어?"

"엄마도 항상 남은 음식을 싸달라고 하시잖아요.

버리기 아깝고, 돈이나 다름없다고.

깨끗이 포장해 갖고 와 내일 먹으면 된다고.
그래서 싸 왔죠.
첫 데이트라 그런지 밥이 많이 안 먹히더라고요."

나는 다소 걱정되는 마음으로 물었다.
"네 여자친구가 흉보지 않았을까?
이상하게 생각하면 어떡해?"
"이상하게 생각하면 안 맞는 거죠.
그런 것쯤은 이해해야 오래 만날 수 있는 친구가 되죠."
너무나 간단명료한 답에 순간 멍해졌다.

어쩌다 외식을 하면 나는
음식이 남지 않을 정도만 주문하고,
그래도 음식이 남으면 포장해달라고 부탁한다.
어릴 때는 그런 내 모습을 보고
불편해하며 만류하던 둘째 녀석이
첫 데이트 때 나와 똑같은 행동을 했다니,
웃음이 터졌다.

새삼 절약과 궁상의 경계선에서 중심을 잡고자 했던
내 삶을 다시 돌아보았다.
나는 알뜰한 할머니와 부모님 밑에서 자라

먹을 수 있는 음식을 버린다는 건 상상조차 하지 못했다.
음식뿐만 아니라 물건도
쓰임새가 다할 때까지 사용해야 한다고 배웠다.

"지구의 한 편에 굶어 죽는 아이들이 있는데,
삼시 세끼 부족함 없이 먹을 수 있음에 감사해하거라."
식탁 앞에서 어른들이 자주 하시던 말씀을 듣다 보니,
남김없이 먹고 쓰는 습관이 생겼다.

또 이탈리아 유학 생활을 하면서
이런 내 습관은 더욱 공고해졌다.
각자의 접시에 먹을 만큼만 덜어서
설거지하기 쉬울 정도로 깨끗이 싹싹 긁어 먹고,
심지어 소스가 접시에 남으면
빵으로 소스를 찍어서 말끔히 접시를 비우는*
이탈리아인들을 보고
동서고금, 음식을 남김없이 먹는 게 미덕이구나,
새삼 되새기게 되었다.

---

*　　우리나라 불교 사찰에서 발우 공양을 할 때, 마지막 남은 김치 조각으로 쌀 한 톨
　　까지 알뜰하게 훑어 먹는 것과 같다. 이렇게 그릇에 남은 소스를 빵으로 깔끔하게
　　훑어 먹어서 설거지하기 쉽게 접시를 말끔히 비우는 행위를 '스카르페따scarpetta'
　　라고 부른다. '스카르페scarpe'가 '신발'을 의미하니 얼마나 재밌는 표현인가?

이탈리아 생활에 적응할 때쯤
결혼한 지 1년이 채 지나지 않은
어느 신혼부부의 집에 놀러간 적이 있었다.
당연히 모든 가구나 집기가 새것일 거라고 생각했는데,
가구와 식기 등 모든 가재도구가
양가의 부모님 혹은 조부모님에게 물려받은 것들이었다.

"빈티지풍이 유행이라 하지만
누가 쓰던 물건인지 모르는 중고 물품을 사는 것보다
의미가 있잖아요. 꼭 필요한 데에만 경비를 쓰고
여윳돈이 생기면 삶을 다양하게 누리는 데 쓰고 싶어요."
이렇게 말하는 그들을 보고
검박한 생활의 가치를 배울 수 있었다.

새삼, 둘째 아들이 그날 보여준 행동 때문에
지난날의 기억이 떠오르며 여러 생각이 들었다.
쓰레기를 남기지 않는 삶, 깨끗이 먹고 오래 쓰는 삶.
제로 웨이스트zero waste를 실천하는 삶.
먹고 소비하는 태도만 바뀌어도
내 인생도, 우리 지구도 풍요로워지지 않을까.

버려진 식물들을 키우며

우리 집에는 세월을 고스란히 간직한 식물들이 있다.

33여 년 된 벤자민고무나무,

40여 년 된 보스턴고사리,

38여 년 된 켄차야자,

40여 년 된 스킨답서스,

둘째 아들 낳았을 때 구입한

대만고무나무도 40여 년 가까이 되었다.

식물 대부분이 길가에 버려져 있던 것들이거나

선물 받은 것이다.

어느 가게 주인이 폐업하면서 버린 화분을

집으로 가지고 와 지금까지 키우고 있다.

동물 유기만큼 식물 유기도 문제다.

식물을 죽이지 않고 오래 키우는 모습이 신기하다며,
나에게 식물 키우는 팁을 묻는 사람들이 있다.
식물을 키우는 일은 자식을 키우는 것과
비슷하다는 생각이 든다.
지나친 관심은 금물이지만,
적당한 관심을 기울이면 잘 자란다는 점에서 그러하다.

모든 식물이 빛과 물을 좋아하는 건 아니다.
볕이 잘 드는 창가에 두어야 하는 식물이 있는가 하면
반그늘이나 음지에 두어야 하는 식물도 있다.
식물도 각기 다른 특성에 맞게 길러야 한다.

식물을 잘 키우려면
적당한 화분과 적절한 양분이 필요하다.
화분이 너무 크면 뿌리가 많이 자라고 과습이 된다.
화분이 너무 작으면 나무가 원하는 만큼
영양분을 흡수하지 못한다.
식물도 사람처럼 자기 그릇에 딱 알맞은 공간에서
편안함을 느낀다.

일반적으로 물은 일주일에 한 번.
주기적으로 식물에 햇볕과 바람을 쏘여주고

계절마다 온도와 습도가 다르니
환경에 맞게 정기적으로 물을 주기도 한다.

고기를 조리하기 전
찬물에 담궈 우려낸 핏물이나,
쌀을 씻을 때 생기는 쌀뜨물,
요거트를 먹고 난 뒤 요거트 통을 씻은 물을 주는 건
나만의 특별한 팁이다.

잎사귀는 햇볕을 향해 자라니
한쪽으로 쏠리지 않도록 화분을 수시로 돌려준다.
햇볕을 받지 못해 누렇게 변한 잎사귀는 잘라준다.
죽은 잎사귀는 다른 잎사귀의 양분을 앗아갈 뿐이니,
미련 없이 잘라주는 게 좋다.

식물도 소리를 듣는다.
미국의 과학자 도로시 리톨렉이
호박에게 클래식 음악을 들려주었더니
호박 덩굴이 스피커를 감싸며 자랐다고 한다.
그래서 나는 식물에게 말을 건다.
"어머, 잘 지냈어?"
"우리, 친하게 지내자."

"오늘 더 예쁘네."

잎사귀를 만져주며 정서적 교감을 나눈다.

식물도 좋은 말을 해주면 더 잘 자라는 듯하다.

오랜 시간 나와 함께한 식물은 나의 기쁨과 슬픔을 알고 있다.

내가 떠나도 내 곁에 있는 식물들은 오래 살았으면 좋겠다.

그렇게 생각하니 내가 두고 갈 이 식물들을

나중에 누가 키워줄지 궁금해진다.

아니, 그 전에 좋은 사람들에게 이사를 보내야 하나?

내가 정리에 빠진 이유는
중학교 1학년 때 내가 좋아하던 담임 선생님이
훈화시간에 해주셨던 말씀 때문이다.
"현관에 신발이 가지런히 놓여 있으면
도둑이 들어왔다가도 멈칫하게 됩니다.
모든 물건이 가지런하면 도둑이 긴장하게 되어
훔칠 물건을 찾기가 쉽지 않고
주인에게 금방 잡힐 수 있다고 판단하기에
돌아서 나가겠지요?"

그 말씀을 듣고 물건뿐만 아니라
주변을 가지런히 정리하는 습관을 들였다.
물론, 이런 훈화 말씀을 듣는다고 해서

모두 곧바로 철저히 정리하는 습관을 시작하는 건 아닐 테니,
아무래도 약간 타고난 천성도 있는 듯하다.

이렇듯 어릴 때부터 나는
줄을 가지런히 맞춰야 마음이 편했고
정리 정돈이 되어야 안심을 했다.
아이를 키우면서도 집 안을 뒤죽박죽 만들지 않았다.
주변 정리를 잘 해주면
아이들 심리가 안정된다는 육아법을 배우고 나서
더 열심히 아이들 방을 정돈했는데
조금은 강박증이 될 정도였다.

물건을 정리하는 데에서 더 나아가
모든 것을 정리하기로 마음먹은 이유는
치매 예방법을 공부하면서부터다.
치매를 예방하려면, 규칙적이고 단순하게 살며
즐거운 자극을 수시로 받으면서 많이 움직일 것,
그리고 부정적이고 우울한 감정은 털어내야 한다고 들었다.

그렇지 않아도 모든 게 정리돼 있어야
안정감을 느끼는 성향인데
정리가 바로 치매 예방법 중에 하나라니,

얼마나 나에게 딱 맞는 비법인가!

서서히 집 안 구석구석에서부터 인간관계까지 정리를 시작했다.

있는 것을 비워내고 필요한 것만 남기는 인생의 정리.

먼저 부엌 살림살이부터 정리를 시작했다.

노년에 입을 수 없는 옷도, 관절에 천적인 높은 구두도,

쓸모없는 가구도 정리했다.

그다음 인간관계를 정리했다.

나를 흔들리게 하는 사람도, 불쾌함을 남기는 관계도,

매번 같은 주제만 반복하는 모임도 정리했다.

정리하고 나니 그때부턴 시간을 내어서라도 만나고 싶은,

무언가 배울 게 있고 본받을 게 있는 인연에 집중할 수 있었다.

복잡하게 나를 얽매던 인연들도

상대방이 눈치채지 않게 은밀하고 부드러운 방식으로 정리했다.

하지만 정리라는 단어를 붙일 수 없는 대상이 있으니

바로 절대적인 도움이 필요한 꼬맹이들이었다.

한발 더 나아가 삶의 태도도 정리했다.

일을 벌이고 처리하는 걸 즐기는 습관도,

나를 망가뜨리는 자세도,

나를 섭섭하게 했던 대상에 대한 괘씸한 감정도 정리했다.

이렇게 물건, 인간관계, 삶의 태도 등
나를 구성하는 모든 요소를 정리하니 삶이 단순명료해졌다.
나름 기준을 세워 정리하고 나면
그렇게 편하고 좋을 수가 없다.

"물건을 버리지 못하겠어요"라고 말하는 분들이 있다.
저장강박증을 겪는 분들도 있다.
자신이 좋아하는 분야와 관련된 물건을
체계적으로 수집하는 콜렉터와,
단순히 물건 그 자체에 집착하는 저장강박증은 다르다.
스트레스나 우울증이 극심한 사람,
어려서 애착 형성에 문제가 있어
영혼이 충분히 채워지지 못한 사람 등이
소유물에 극단적인 애착을 갖는 것으로 알고 있다.

그런 분들을 접하면 정리를 좋아하는 내 성향이 발동한다.
물건도, 사람도, 마음도… 모든 걸 정리하게끔 도와주고 싶고
정리하고 나면 그때부터 얼마나 자신의 삶이
홀가분해지고 달라지는지 알려주고 싶다.
내가 알고 있는 것을 누군가에게 전달해주고픈 내 오지랖만은
아직도 깨끗이 정리가 안 된 모양이다.

나 또한 모든 걸 정리한다고 이렇게 말하고는 있지만
가끔씩 버리지 못하는 것들도 있다.
하지만 쌓아두고 소유하려고 집착하지는 않는다.
그럴 땐 내 삶의 유효 기간을 어림잡으며
집착하지 않으려 나를 설득한다.
비우자고…
텅 빈 충만을 만끽하자고.

노년기
근무 태도

《월든》의 저자이자 사상가인 헨리 데이빗 소로우는
'자기 자신과 잘 노는 사람이 진정 성숙한 사람'이라고 했다.
나도 현역에서 은퇴한 뒤 여유가 생기면서
혼자 즐겁게 노는 방법을 찾았다.
온전히 내가 하고 싶은 것만을 하며
기분 좋게 살기 위해 기분 좋은 습관을 만들었다.

아침에 일어나면 기도로 시작한다.
아침저녁으로 몸무게를 잰다.
결혼 전부터 이어져온 습관이다.
몸무게에 변화가 있으면 식사량을 줄인다.
물 한 컵을 마신다.
20분 정도 스트레칭을 한다.

24시간을 알뜰히 살아볼 것

충실

몸매 관리에 도움을 주고 더불어 민첩성을 유지할 수 있다.

스트레칭을 할 때는 아침 뉴스를 틀어놓는다.

스트레칭을 마치고 아침 식사를 한다.

보통 아침에는 산도가 낮은 과일을 먹는다.

달걀과 따뜻한 우유로 단백질을 보충하고

귀리 비스킷도 빠뜨리지 않는다.

오후에는 외출할 일이 딱히 없어도 밖에 나간다.

색을 맞춰 옷을 입고 외출할 준비를 한다.

직장에 출근하듯 적당한 긴장을 유지한다.

적당한 긴장은 심신 건강에 좋다.

혹시 갑자기 외출할 일이 생겨도, 돌발 변수가 발생해도

쉽게 외출할 수 있도록 의관을 정제한다.

자세가 흐트러지는 것을 막을 수 있어서 좋다.

저녁에는 보통 정해진 규칙에 따라 움직인다.

귀가 후 정리 정돈을 하고,

저녁밥을 간소하게 먹는다.

20~30분 정도 스트레칭을 하고 업무를 본다.

샤워하고 가볍게 로션을 바른다.

화장품 개수도 딱 소량만 두고 정량만 바른다.

자기 전에 기도하는 일도 빼놓지 않는다.

매일 나는 신문을 정독한다.

반려식물을 살피는 일도 게을리하지 않는다.

불필요한 장식품은 그때그때 정리한다.

잡동사니가 없으니 청소도 쉬워진다.

내가 하루에 빠뜨리지 않는 일이 있으니 미사 참례와 산책이다.

미사에 참례하러 가기 위해 정해진 시간에 일어나고

왕복 한 시간씩은 꼭 걸으며 햇볕을 많이 쬔다.

이 모든 루틴이 마음의 평화를 가져온다.

가능한 한 일주일에 책 한 권을 읽는다.

일주일 중 하루는 온전히 남을 위해 시간을 쓴다.

보통 내가 후원하는 기관에 있는 꼬맹이들을 보러 간다.

아쉬운 목소리를 내는 분들의 호소에

귀를 열어두고 돕기 위함이다.

한 달에 한두 번은 전시회에 가려고 노력한다.

시각을 호강시킬 수 있으니까.

또 음악회도 전시회만큼 가보려고 애쓰는 편이다.

청각이 풍요로워지니까.

물론 거리 두기가 필요한 시점에는

방역 수칙을 준수하여 참석하거나 집에서 즐기는 쪽을 택한다.

내 상황과 처지에 맞는 루틴을 만들어 지켜나가니

인생에 질서가 생겨 매우 만족스럽다.

과부하된 계획을 세우지 않으니

허둥대며 실수하는 일이 줄어든다.

꼭 해야 할 일만 찾아서 짜임새 있는 하루를 보내니

쓸데없는 감정에 휘둘리지 않는다.

요즘은 반복하는 기도의 주제가 하나 더 늘었다.

"누군가를 괴롭히지 않고 이 세상을 하직하게 해주시옵소서."

이렇게 나의 노년기 일상의 근무 태도가 완성된다.

결국 가장 중요한 노후 대책은 건강 챙기기다.

나의 존엄성을 지키고

주변인들을 괴롭히지 않고

살아 있는 순간까지 생산적으로 살고 싶기 때문이다.

그래서 오늘도 나는

몸과 마음이 건강하게 조화를 이룰 수 있도록

일상에서 일정한 체계와 리듬을 지킨다.

루틴은 몸의 뼈대와 같다.

뼈대가 튼튼하면 일상이 무너지지 않는다.

기분 좋은 습관이 기분 좋은 삶을 만드는 것은 물론이다.

욜로와 파이어, 무엇을 선택하든

한때 '욜로YOLO'라는 단어가 우리 사회를 휩쓸었다.
'You Only Live Once'의 약어로,
'인생은 한 번뿐이다'라는 의미의 줄임말이다.
현재라는 찰나가 너무 빨리 지나가 금세 과거가 되고
멀게만 느껴졌던 미래가 금세 찾아올 거라는 걸 알기에
노후 준비와 미래 준비는 하되
지금 이 순간을 충실히 즐기자! 하고 말하고 싶지만…
사실 참 어려운 문제다.

부모는 자식들이 자립할 때까지 제 갈 길을 찾아가도록 돕다가,
이후 자신의 노년기를 스스로 책임지며
안온한 삶을 영위하는 것을 가장 원할 텐데
과연 그런 이상적인 삶의 형태가 가능할까?

부모님에게 의존하는 캥거루족도 많고,
여러 가지 이유로 자식에게 부담을 주는 부모들까지
참으로 다양한 문제들을 지니고 있을 거라 생각된다.

최근 내 귀에 착 감기며 들어온 단어가 바로 '파이어FIRE'다.
'Financial Independence Retire Early'의 약어로
경제적 자립과 조기 은퇴가 합쳐진 단어다.
파이어족은 경제적인 독립성을 확보한 뒤
이른 은퇴를 희망하는 신인류다.
이 신인류가 추구하는 삶의 가치는 해방, 자유, 주도권이란다.
마흔 살 전후에 평생 쓸 수 있는 돈을 모아서
경제적으로 자립할 수 있다는 확신이 서면
현직에서 미련 없이 은퇴하겠다는 것인데,
그야말로 야무진 꿈을 꾸는 사람들이다.

그런데 마흔 살 전후의 나이에
40대가 쓰는 연평균 생활비의 25배를 모은 뒤
일을 그만두고 자기만의 삶을 추구하는 게 가능할까?
그리고 그것이 바람직할까?
일단 요즘과 같은 백 세 시대에 25년치
생활비만 모아놓는 것부터 불안하다.
결혼이 늦어지는 추세에 따라

40대보다 50대에 자녀 양육비와 교육비가 더 많이 들어간다.
물론 자식이 없다면 가능한 이야기다.

진정한 자유를 누리려면
우선 경제적, 육체적, 정서적인 자립부터 기본이 되어야 한다.
생활비가 얼마나 있어야
죽을 때까지 소박하되 당당하게 살아갈 수 있을까?

은행원이셨던 친정아버지는 자식들에게
경제관념에 대해서 누차 강조하셨다.
"1천 원을 벌어 1천2백 원을 쓰면 항상 적자 인생이지만
1천 원을 벌어 8백 원을 쓰면 항상 흑자 인생이다."
"한 번 살림 규모를 늘리면 줄이기가 힘들다.
항상 저축하며 검박하게 살아야 노후가 비참해지지 않는다."
"돈을 많이 벌기 위해
약자에게 야비하게 굴고 강자에게 비굴하기보다,
정정당당 능력껏 벌어서 분수껏 살아야 한다.
그렇게 아껴서 비축해놓는 게 현명한 거다."
이 가르침이 진정한 자유로 이끈다는 걸 이제야 체감한다.

욜로족에게는 노후 대비를 꼭 하라고 이야기해주고 싶고,
파이어족에게는 향후 25년의 생활비가 준비된다면

소비 생활만 줄이면 충분히 가능하다는 이야기도 해주고 싶다.
다만 인생의 황금기에 사회에도 기여하며
해방과 자유, 인생의 주도권을 누리라고 조언할 것이다.
이런 멋진 사고를 할 수 있는 젊은이들이 사회를 떠받쳐주어야
사회가 더 다양해질 것을 알기에.

사는 게 특별하지 않다.
배고프면 간단히 요기하고, 추우면 따뜻하게 입고,
더우면 시원하게 입고, 자고 싶을 때 작은 내 한 몸 편안하게
누울 잠자리만 있으면 되는 것 아닌가.

욜로족, 파이어족, 모두를 응원한다.
독립적으로 의식주를 해결할 수 있다면,
사회에 해를 끼치지 않고
건강한 구성원으로 살아간다면,
누가 그들 삶에 손가락질할 수 있단 말인가.

"라떼는 말이야"

카페 메뉴판에 있는 라떼의 수난 시대다.
'나 때는 말이야!'라는 말이 '라떼는 말이야'라는 말로 변형되어
'라떼'가 비웃음을 당하고 있는 요즘이다.
'나 때는 말이야'라고 말하는 사람은 꼰대가 되어버린다.

'꼰대'는 나이와 권위를 앞세워 아랫사람에게 군림하려는
연장자, 기성세대, 어른, 선생님 등을 풍자한 은어다.
지하철에서 두 다리를 쩍 벌리고 앉는 아저씨,
막무가내로 자기 말만 하는 아주머니도 꼰대라 불린다.
깡패하고 싸워도 이길 수 있다고 으스대는 중년 남자도
꼰대라는 말을 피할 수 없다.

꼰대의 어원은 정확히 알려진 바가 없다.

조선시대 말에 유럽의 귀족 문화가 일본을 통해 들어왔는데
공작, 후작, 백작, 남작으로 나뉘는
서양의 귀족 서열도 함께 들어왔단 설이 있다.
이때 '백작'을 의미하는 프랑스어 '콩테comte'의 발음이
일본식으로 바뀌어 '꼰대'가 되었다는 의견이다.
그런가 하면 '번데기'의 영남 사투리 '꼰데기'가
어원이라는 견해도 있다.

내가 꼰대라는 은어에 관심을 갖게 된 이유는
이제 내가 꼰대라고 불리는 나이가 되었기 때문이다.

예전에는 당연히 나이가 많은 사람을 어른이라고 여겼다.
어른은 공경과 신뢰의 대상이었고,
힘든 상황에서 지혜와 해결책을 제시해주는 존재였다.
곁에만 있어도 푸근해지고 매달리고 싶고
거친 풍파를 막아주는 울타리 같은 존재였는데,
언제부턴가 거추장스러운 존재로 전락했다.

어쩌다 나이 든 사람들이 이 지경이 되었을까.
기성세대는 젊은이들을 찍어 누르려 하고
젊은이들은 기성세대를 고리타분하게 여기기 때문이다.
그렇다면 기성세대가 먼저 양보하는 수밖에 없다.

경험과 연륜이 쌓인 쪽에서 말을 거는 게 더 쉽지 않은가.

기성세대가 젊은이들과 수평적인 관계를 유지해야지,
수직적인 관계를 유지하려고 목에 힘을 주기 시작하면
꼰대가 된다.
'나 때는 말이야'라고 말하는 사람을 보면
'그래서 어쩌라고요?'라고 묻고 싶어진다.

기성세대는 '나 때는 말이야'라고 이야기하며
젊은이들의 일에 참견하지 않았으면 한다.
내가 했던 노력을 그들에게 강요하지 말았으면 한다.
그들은 그들의 길을 알아서 갈 것이다.
대신 통찰력, 포용력, 예견력, 측은지심 같은 능력을 배양하는 데
기성세대 스스로가 먼저 집중하면 어떤가.

언제든지 젊은이들이 아쉬운 게 있어 손을 내밀 때
아무 말 없이 손을 따뜻하게 잡아줄 수 있는 사람이 되는 것.
그것이 꼰대라는 말 대신 어른이라는 말을 들을 수 있는
유일한 방법인 것 같다.

장유유서長幼有序의 의미를 잘 이해하고 계승했으면 한다.
아랫사람이 윗사람에게 복종하는 의미로

이 말이 사용된다면 구시대적이다.

윗사람이 아랫사람에게 본보기가 되고

아랫사람은 윗사람의 좋은 점을 보고

이를 자신도 기꺼이 따르는 의미로 사용하는 것이

좋지 않을까?

위계질서가 완고하면 사회는 경직되고

위계질서가 파괴되면 사회는 무너질 것이다.

윗사람과 아랫사람이 서로 존중하면 좋겠다는 생각을 해본다.

존중은 동서양을 막론하고 사랑받는 덕목이니까.

골프보다 더 즐거운 것

"밥 좀 줘어."

어린 시절 우리 집 아침을 깨우는 건 전쟁고아들의 외침이었다.

1950년에 발발한 한국전쟁이 1953년에 끝나고

10만여 명 이상의 전쟁고아가 생겼다.

당시 나는 세상 물정을 모르는 꼬맹이였고,

왜 그들이 넝마를 겹겹이 껴입고

더러운 손에 깡통을 들고 집집마다 돌아다니며

밥을 구걸하러 다니는지 몰랐다.

독실한 불자였던 할머니께서는

그들에게 따뜻한 밥을 내어주셨다.

"부처님이 다 보고 계신다"라고 할머니가 말씀하실 때면

내 일거수일투족을 누군가가 다 보고 있다는 생각에

괜스레 두려워지곤 했다.

그러나 한편으론 다 보고 계신다니 안도감도 들었다.

그런 할머니의 아들이어서일까?

친정아버지께서도 어려운 사람을 돕는 일을

가장 귀한 인간의 덕목으로 여기셨다.

할머니와 친정아버지께서는 내 귀에 못이 박히도록 말씀하셨다.

"적선지가積善之家 필유여경必有餘慶이란다.

선을 많이 쌓은 집에는 반드시 경사가 생긴다.

후손이 잘 되길 바란다면 어려운 이들에게 후하게 베풀거라.

후한 뒤끝은 후하기 마련이고, 악한 뒤끝은 악하기 마련이다.

거지에게 돈을 줄 때는 두 손으로 공손히 주어라."

이런 환경에서 자라서인지

사회생활을 시작하며 수입이 생기는 순간부터

우리 사회의 약자 혹은 소외된 이들에게

일정 후원금을 기부하기 시작했다.

사실 약간의 이기심도 섞여 있었다.

누군가를 도와주면 내 자식들에게

좋은 일이 일어나거나,

적어도 나쁜 일은 일어나지 않을 거라는

막연한 믿음과 기대가 있었기 때문이다.

"늙으면 골프 칠 일밖에 없다우.
같이 골프나 배우러 다닙시다"라고 한 선배가 말했을 때
나는 멋쩍게 웃으면서 속으로 혼자 되뇌었다.
'돈도 들고 시간도 써야 하는 골프에 쏟을 에너지를
저는 좀 다르게 쓰고 싶네요.
저만의 방식으로요.'

골프 대신 내가 찾은 일은 봉사하기였다.
골프장에서 하루 만에 모두 쓰게 될 만큼의 비용으로
관심이 고픈 어린아이들에게 좋은 추억을 만들어줄 수 있었고,
친부에게 성폭행을 당해 증오의 기억을 떨치지 못해
끊임없이 면도칼로 자해를 감행한 소녀를 보며
그 아이의 손목에 새겨진
송충이 같은 흔적을 지워주기도 했다.

호화로운 외식을 줄인 비용으로
부모에게 버림받아 영혼에 구멍이 난 어린이가
치유받을 수 있도록 심리상담 비용을 보탰다.
가능한 한 내게 투자하지 않고
절제하여 모은 비용으로
구순구개열로 태어난 아이의 수술도 지원했다.
수술 뒤 밝게 웃는 아이의 모습을 볼 때의 희열이

어찌 고급 옷을 입는 즐거움에 비길 수 있을까.

어느 날, 유튜브 영상 댓글을 읽다가
한 댓글을 보고 조용히 가슴에 손을 얹었다.

'안녕하세요. 논나 님.
저는 논나 님의 구독자 아미치이자
논나 님의 사랑을 받고 자란 아미치입니다.
어린 시절, 논나 님은 항상 저희의 생일을 챙겨주셨고
생일날 만나지 못해도 따뜻한 전화로 축복해주셨죠.
논나 님과 함께 시골집에 놀러 가
산딸기도 따 먹고 포도도 따 먹고 산책도 하며
한여름의 꿈처럼 행복한 시간을 보냈지요.
저희의 기억 속에 논나 님은 언제나 따스하셨고
저희에게 행복을 알게 해주셨던 분입니다.
제가 받은 사랑을 또 다른 누군가에게 돌려줄 수 있도록
제 마음을 다잡아봅니다.'

내가 뭘 줬다고 이런 사랑을 보내주시나…
가슴 깊은 곳에서 감동이 밀려와 깊은숨을 내쉬었다.
25년 동안 봉사를 하면서 얻은 깨달음이 있다.
어떤 돈은 시류에 휩쓸려 쉽게 사라지지만

어떤 돈은 가까운 누군가에게 힘을 준다는 사실이다.

내가 아껴 모은 돈으로

누군가가 인간답게 살 수 있도록 도왔다는 것.

봉사로 충만해지는 내 삶이 나는 참 좋다.

1995년 겨울, 퇴근 뒤 내가 집에 들어오자마자
둘째 아들이 황급히 문을 열며 외쳤다.
"엄마, 드디어 내 분신처럼 키울 수 있는 녀석을 찾았어."
당시 초등학교 5학년이었던 둘째 아들과 아이의 친구가
나를 기다린 기색이 역력했다.

우리 셋이 동네 애완동물 가게의 문을 열고 들어갔을 때
애완동물 가게 주인이 했던 말씀이 아직도 기억난다.
"너희가 드디어 왔구나."
하고 뒤, 둘이서 애완동물 가게 쇼윈도에 붙어 코를 눌러가며
마음에 드는 강아지를 찾는 모습을 상상하니
절로 웃음이 나왔다.

그날 요크셔테리어를 입양했다.
그런데 3백 그램짜리 어린 강아지가
우리 집에 오자마자 배탈 증세를 보였다.
동네 동물병원에 데리고 가니
애완동물 가게의 어린 강아지들에게서
전염이 된 것 같다고 했다.
너무 어려서 살리기 힘들 것 같다는 대답이 돌아왔다.
설사를 계속하면 탈수 증상이 오고
생명이 위태로워질 수 있다는 이야기였다.

그 후 열흘 동안 어린 강아지를 지키기 위해 비상이 걸렸다.
유일한 처방은 수액 주사를 놓는 것이었고,
나는 열흘 동안 출근길에 솜이불을 덮은 강아지를
동물병원에 데려다주고 퇴근하며 병원에 들러
집으로 데려오기를 반복했다.
3백 그램짜리 어린 강아지가
바들바들 몸을 떠는 모습이 몹시 안쓰러워서
솜이불로 싸고 또 싸서 몸을 덥혀주었다.

솔직하게 고백하자면 나는 동물에 대해 특별한 감정이 없었다.
그러나 숀과 함께 살면서 모든 동물이 귀여워지기 시작했고
용돈을 쪼개 유기견 보호소에 후원까지 하게 되었다.

손은 입양할 때 둘째 아들이 붙인 이름이다.
그렇게 애간장을 태우며 치료를 받던 손은
다행히도 그 후론 감기 한번 걸리지 않고 잘 자랐다.
개들은 보통 10~15년을 산다는데,
극진한 보살핌 덕분이었는지
손은 17년 8개월 동안 귀여움을 독차지하다가 하늘나라로 갔다.

녀석의 마지막 가는 길 또한 한 편의 드라마였다.
개들은 늙어서 병들면 야생성이 나타나 혼자 숨어버린다는데
녀석은 그동안 아파트에 갇혀 살았으니
마지막을 개의 본성대로 마감하지 못했다.
17년쯤을 사니 백내장, 고관절 문제 등
어쩔 수 없는 노화 증세가 나타났고
두 눈의 시력까지 잃으며 잘 걷지도 못하게 되었다.

입양 초기부터 생명을 건져주고 보살펴주시던 수의사께서
손의 상태를 솔직히 말해주셨다.
"이 정도 상태면 너무 고통이 클 겁니다.
동물들은 아픈 척하면 약육강식의 세계에서 잡아먹히니
이를 악물고 버티는 겁니다."
종국에는 안락사라는 무서운 단어를 조심스럽게 꺼내셨다.
"밥을 이렇게 잘 먹는데

어찌 인간의 결정으로 생을 마감하게 할 수가 있어요?"
나는 이렇게밖에 말할 수 없었다.

그 뒤 두어 달을 갓난아기 다루듯 안아서 이동시키고,
기저귀를 채워서 용변을 처리해주었다.
마지막이 힘들지 않게 모든 열과 성을 다하여 간호했다.
내 평생 이렇게 조심조심 다룬 대상이 또 있을까 싶을 정도였다.

하지만 노화 증세가 점점 심각해져서
또 안락사 권유를 받게 되었다.
"녀석의 숨을 끊는 게 아니라 고통을 끊어주는 겁니다."
이 말을 듣고 일단 안락사를 시행할 날짜를 잡았다.
하지만 안락사하기로 한 전날 나는 동물병원에 전화를 걸어
조금만 더 곁에 두고 간호해주고 싶다고 했다.

더운 날, 평소에 잘 켜지 않는 에어컨까지 켜면서
부디 자연스레 생을 마감하기를 간절히 바라는 마음으로
애지중지 한 달을 더 곁에 두었다.
그러나 어쩔 수 없이 안락사하기로
수의사 선생님과 다시 날짜를 잡았다.
속마음은 그사이 숀이 자연사하기를 바라며…
그 날짜가 바짝바짝 다가오니 마음이 쓰라렸고

막상 약속한 하루 전날이 되자,
내가 할 수 있는 일은 두 손을 모으고 기도하는 것뿐이었다.

"하느님, 당신이 만들어서 우리에게 주신 생명,
당신이 거둬 가시면 안 되나요?
고통을 멈추게 한다는 명분으로
차마 인위적으로 생을 멈추게 하지 않도록 해주십시오."

"숀아, 개로 태어나 우리 집에 와서 잘 지내왔으니
오늘 가면 안 될까? 엄마가 기도로 함께해줄게.
우리 식구가 너를 정말 사랑으로 보살핀 거, 너는 알지?"

오비이락일까? 우연의 일치일까?
내가 기도하던 그 시간에 숀은 편안히 눈을 감았다.
자기 스스로 자기의 고통을 정리했다.
이렇게 먼저 갈 존재를 왜 데리고 오자고 해서
우리를 이렇게 힘들게 하는지…
숀의 물건들을 정리하며
둘째 아들을 원망하는 기분이 살짝 들 정도였다.

우리 집 반려견 숀.
이탈리아어로 '반려자'에 부합하는 용어가 있다.

'콘소르테consòrte',

'콘con'은 '함께', '소르테sòrte'는 '운명'이라는 뜻으로 결국 콘소르테는 '운명을 함께하는 존재'라는 의미다. 숀은 우리 집 식구이자 동반자였다.

매년 가을 나는 시골집 마당에서 벼룩시장을 연다.
이순을 넘기면서부터 시작한 연례행사다.
어느 해는 큰아들의 친구, 어느 해는 둘째 아들의 친구,
또 가끔은 내 친구의 딸, 아들, 후배…
심지어 남편의 옛 제자, 사회 후배들까지도 모인다.

지난 가을에는 둘째 아들의 친구, 선배, 클래스메이트 등
젊은 부부 일곱 쌍을 시골집에 초대해 벼룩시장을 열었다.
동네 맛집에서 점심 식사와 저녁 식사를 하고,
집으로 돌아갈 때는 내가 갈무리해 놓은 농산물과
구닥다리 살림에서 솎아낸 물건을 한아름 안겨주었다.

나의 할머니가 쓰시던 조선 말기의 칠기는

낡은 걸 유독 좋아하는 디자인을 전공한 후배가,
친정어머니가 일제강점기 때 쓰시던 유리 제품은
미술사를 공부한 아들의 클래스메이트가 진즉 찜해두었다.
둘째 아들이 이유식을 먹을 때 쓰던 숟가락은
아들 친구의 딸인 여덟 살 꼬마 숙녀가 소꿉장난할 때 쓴다고
좋아라 하며 가지고 갔다.

그 모습을 보며 저절로 미소가 지어졌다.
어린 동심이 아름다워 동시에 코끝이 찡했다.
늙은이의 사연이 깃든 낡은 물건들을
즐겁게 가져가주는 젊은이들이 그저 고맙고 예뻤다.

여담이지만, 나는 내 옷을 다른 사람에게 나눠줄 때
나만의 통과의례를 거친다.
일단 좋은 옷을 골라서 세탁소로 보내거나
직접 손빨래를 하여 직사 일광에 말려 다림질까지 한다.
이 과정에서 옷과 대화를 나누고
그동안 나와 함께해준 고마움을 옷에게 전한다.

언제 누구를 만났을 때 입은 옷인지 생각하고
가장 찬란했던 순간의 조각들을 떠올리며
그 순간을 잘 보낸 나에게 칭찬을 퍼부어준다.

"그래, 한때 젊었고, 열심히 살았고,
이제 인생의 다음 장으로 넘어가는 거야.
그게 삶이야"라고.

이렇게 내 몸을 감싸던 무기물을 향해
최대한의 예우를 갖추며 작별을 고한다.
그다음, 단순하고 깔끔하게 포장을 한다.
간단한 카드를 쓰는 것도 잊지 않는다.

내가 언제 죽을지 모르지만
이제 죽을 때까지 나를 감싸줄 옷만 남았다.
유행을 타지 않는 옷, 색깔을 맞춰 입기 편한 옷.
가장 기본적인 옷만 남겨두니 그렇게 홀가분할 수가 없다.
나눠주면서 느끼는 홀가분함!

다음번 벼룩시장에는 누구를 초대할까?
누가 어떤 사연이 깃든 물건을 가지고 갈까?
벌써부터 두근거린다.

찬란하게
나이 들기

'여생을 편안히 살고 있다.'
'전원에서 여생을 한가로이 보내고 있다.'
과거 젊은 시절에 나는 신문이나 매체에서
이런 문장을 접할 때마다 마음 한구석이 불편했다.

일단 '여생' 혹은 '전원'이라는 단어에서 느껴지는
나른함, 게으름, 노곤함, 무료한 느낌이 싫었다.
노년의 삶은 비생산적이고, 무가치하고,
그저 죽음을 준비하는 과정이라고 생각하게 만들었으니
그런 문장을 보자마자 착잡해지곤 했다.

그래서 여생이라는 단어를 접할 때마다
나는 절대로 여분의 삶을 살지 말아야지…

24시간을 알뜰히 살아볼 것

사회에서 나를 밀어내도
내 몫의 일거리를 찾아서 움직여야지…
한가롭게 죽음을 기다리는 시간은 보내지 말아야지…
굳게 다짐을 하곤 했다.

그런 다짐을 했던 내가
이제 여생이라 불리는 시간대에 도착했다.
연금 수혜자, 지공족*으로 불리는 나이가 되었다.
그렇다면 지금 나는 젊을 때 다짐했던 대로 노년을 보내고 있나?
조심스럽게 그렇다고 말할 수 있겠다.

지금 나는 내 리듬에 따라
일어나고 싶을 때 일어나고, 느긋하게 아침 식사를 하고,
뉴스 혹은 음악을 들으며 우아한 척을 한다.
식사 메뉴도 내 입맛에 맞는 것으로 택하고,
시간도 내 마음대로 조절한다.
음악회도 전시회도 여행도 내 기분대로 즐긴다.

누구의 눈치도 보지 않으며,

---

*   지하철을 무료로 타는 사람들. 장애인, 국가유공자 등도 있겠으나, 일반적으로 만 65세 이상 지하철을 무료로 탈 수 있는 어르신들을 일컫는다.

의무와 시간에 쫓기던 과거에
미처 해보지 못한 것들을 경험하며 산다.
젊을 때 그토록 갈망하던 24시간이 온전히 내 것이니
이보다 더 좋을 수가 없다.
지금 나는 진정으로 내 삶의 주인공이다.

누가 노년을 여생이라 부르며,
노년을 무료한 이미지로 떠올리도록 만들었을까?
소파에 누워 기운 없이 리모컨만 돌리는 삶이 아닌,
마음만 먹으면 무엇이든 할 수 있는 시간이 노년이다.

심신이 건강하기만 하다면,
인생의 가장 찬란한 때가 바로 노년이다.
원한다면, 가만히 앉아
하루 종일 햇살도 볼 수 있으니 눈이 부시지 않은가.

논나의 이야기 3 ―

품위

조금씩 비울수록 편안해지는 것

새 옷과 넝마의
한 끗 차이

얼마 전 마음이 착잡해지는 뉴스를 보았다.
아주 조신해 보이는 사람이
유명 브랜드 제품 구매욕을 견디지 못하고
백화점에서 몹쓸 짓을 하다가 발각되었다는 기사였다.
그런가 하면 회삿돈을 횡령하여
그 돈으로 고가의 옷, 이른바 명품을 구매한 사람이
구속되었다는 보도도 있었다.

'어쩌다 그 지경이 되었을까. 참 딱하네' 하며
스쳐지나갈 수도 있겠다.
하지만 내 마음은 참담했다.
수입 자율화가 된 이후로
이탈리아의 고가 브랜드를 런칭한 장본인으로서

조금씩 비울수록 편안해지는 것

이러한 세태에 느낀 바가 남달랐기 때문이다.

널리 알려진 고가의 옷에 집착하는 사회의 폐해를
가까이에서 목격할 때마다
옷이 일상을 기분 좋게 만드는 게 아니라
사람을 파괴한다고 느껴져 마음이 쓰라렸다.

일부 어린 학생들 중에는
부모가 사준 옷이 성에 차지 않으면 성매매를 해서라도
유명 브랜드의 옷을 구매하는 일도 있다 한다.
이 사실을 처음 들었을 때,
특히 내가 런칭한 브랜드의 옷을 산다는 이야기를 들었을 때
무척이나 복합적인 감정에 휩싸였다.
그 감정의 기저에는
죄책감 비슷한 감정도 깔려 있었다.

내가 후원하는 한 학생이 성매매를 하기 위해
쉼터를 탈출했다는 이야기를 들었을 때
한없이 무력해지는 느낌이었다.
친부모가 양육을 포기했다는 안타까운 이야기를 듣고
적지 않은 비용을 후원하며 관심과 애정을 쏟았는데
말도 없이 떠났다는 이야기를 듣고 배신감마저 들었다.

고가의 명품 옷을 사기 위해 도둑질도 서슴지 않고
자신의 소중한 몸을 팔아 옷을 사는 세태에
혼란스러움에 빠졌다.
혼란은 끝없는 의문으로 이어졌고
의문의 끝은
옷이 뭐라고… 명품이 뭐길래…

패션 산업에 종사하는 사람 중
옷을 '넝마'라고 자조적으로 표현하는 분도 있다.
출하한 시즌에 제대로 팔지 못하면 세일을 해야 하고,
세일을 해도 재고가 남으면 '땡처리' 행사를 열어
헐값에 내놓아 창고를 비운다.

매장 옷걸이에 산뜻하게 걸렸던 옷이
땡처리 행사장 가판대에 놓여 이리저리 엉키고 뒤집힌다.
신상품이었던 옷은 팔리지 않으면
넝마라는 이름으로 불리며 추락하게 된다.

신상품이라 불리기도 하고 넝마라고 불리기도 하는 옷.
그 옷이 대체 뭐길래
인간의 가장 중요한 덕목 중 하나인 정직함을
한순간에 버리게끔 만드는 것일까.

가장 고귀한 영혼을 파멸로 이끌고
애정을 준 대상에게 배신감을 느끼게 만드는,
그냥 옷도 아닌 널리 알려진 고가의 옷,
이 요물이 대체 뭐길래.

옷은 더울 때 시원하게 해주고
추울 때 신체를 따뜻하게 보호해줄 뿐이며,
사람이 살아가는 데 기본적으로 필요한
의식주 중 하나의 요소일 뿐이라고 이야기한다면…
패션 산업의 한 구성원으로 일생을 보낸
어느 늙은이의 죄책감을 상쇄하기 위한 변명으로 들릴까?

아르마니보다
더 좋은 옷은

"어떤 브랜드를 좋아하세요?"
"어떤 옷을 좋아하세요?"
내 경력을 익히 알고 있는 분들이
가장 많이 하는 두 가지 질문이다.

어떤 브랜드를 좋아하는지 물어오면
'전 옷을 브랜드 보고 입지 않아요.
제 취향과 형편을 고려해서 입어요.
특히 브랜드가 돋보이는 옷보다
저를 돋보이게 해주는 옷을 좋아해요'라고
즉시 답하려다가 마음속에 넣어두고
패션 분야에 관한 이야기만 주로 나눈다.

반면 어떤 옷을 좋아하는지 물으면
'아, 이분과는 아이쇼핑하는 기분으로 내 심리나 취향,
성장 과정의 그림자 등까지 이야기를 나눌 수 있겠구나'
이런 생각이 들어 내심 기분이 말랑말랑해진다.
현문에 현답을 해야지, 하는 의무감도 생기고
물어본 이에게 친근감까지 느끼며
뇌와 혀에 발동이 걸리려고 한다.

나에게 어떤 브랜드를 좋아하는지 물으면
조르지오 아르마니* 브랜드를 많이 입었다고 답한다.
단 '예전에, 현직에서 일할 때'라는 단서가 꼭 붙는다.
과거형으로 말하게 되는 것이다.
지금의 나는 옷 브랜드를 중요하게 생각하지 않는다.
나 자신이 명품이 되면 된다고 생각하기 때문이다.

---

*   Giorgio Armani, 1968년 유럽 전역에서 프랑스 6·8혁명, 반전평화운
동, 여성해방운동이 일어났고, 그 후 여성들의 사회 활동이 활발해졌다. 조
르지오 아르마니는 여성들의 역할이 변화하는 상황을 읽고, 부드럽고 절제
미가 넘치는 파워 슈트를 제시하여 여성복의 조용한 혁명을 불러일으켰다.
조르지오 아르마니 브랜드의 초창기 광고 이미지는 강렬했다. 이마가 넓은
지적인 여인이 파워 슈트를 입고 일간지 《코리에레 델라 세라Corriere della
Sera》와 《헤럴드 트리뷴Herald Tribune》을 옆구리에 낀 채 사회에 참여하고 활
발하게 일하는 커리어 우먼 콘셉트였다. 부유한 남자의 경제력에 기대어 사
는 여자가 아닌, 자신의 능력으로 사는 당당한 여자의 욕구를 상징했다.

1990년대 초 우리나라가 국제무대에 널리 알려지기 전,
패션 바이어로서 유럽 유수의 브랜드를 책임지는
CEO들을 만나는 자리가 잦았는데,
조르지오 아르마니 브랜드의 옷을 입고 갈 때가 많았다.
각이 진 어깨선과 신체 라인을 따라 부드럽게 흐르는 재킷,
하이힐이 아닌 단화와 어울리는 바지,
고급 소재, 정제된 감각, 세련된 디테일 등
그가 제시한 컬렉션은 아침 출근길이 바쁜
전문직 여성들에게 적합했기 때문이다.
나는 호리호리하고 하체보다 상체가 발달한 체형이라
가장 작은 사이즈의 옷을 입으면 그럭저럭 어울렸다.
그때 나는 조르지오 아르마니 브랜드의 옷을
가장 선호했고 또 가장 많이 입었다.

타인에게 보여주기 위한 옷이 아닌 나를 위해 입는 옷,
그래서 내가 좋아하는 옷은 따로 있다.
특히 정서적 가치가 최고인 옷이 나를 행복하게 만든다.

친정아버지의 유품을 정리하면서 발견한 면으로 된 와이셔츠는
일제강점기 때 친정아버지가 입으셨던 옷이다.
섬세한 바느질, 지금은 고가의 옷에만 사용하는 자개단추 등
미적으로 뛰어날 뿐만 아니라 내 감정선까지 건드린다.

친정아버지의 와이셔츠를 보면
아버지에 대한 그리움이 배가된다.
또 오래전 친정어머니가 선물해주신
니트를 입을 때면 가슴이 따스해진다.

내가 입었을 때 정서가 안정되고
나를 구속하거나 긴장시키지 않는 옷.
요란하지 않아서 액세서리나 스카프와 잘 어울리는 옷.
기본 라인만 갖춰 몇십 년이 지나도 입을 수 있는 옷.
한 벌로 여러 가지 효과를 볼 수 있는 옷.
현란한 패턴보다 단색, 기왕이면 무채색 종류의 옷.
몇 년 만에 만나도 어제 본 듯 격의 없는 친구 같은 옷.
내가 좋아하는 건 이런 옷들이다.

마랑고니 패션스쿨에서 매시간 들었던 말이 있다.

"네 색을 만들어봐."

교수님께서 늘 똑같은 검은색이 아닌

나만의 검은색을 만들라고 하실 때마다 매번 등에서 땀이 났다.

학기가 끝나갈 무렵이 되니

푸른빛이 도는 검은색, 붉은빛이 도는 검은색 등

수만 가지의 검은색을 만들어낼 수 있다는 것을 배웠다.

이탈리아인의 색에 대한 감각은 천부적이다.

마치 요람에서 무덤까지

색으로 시작해서 색으로 끝난다고 해야 할까?

아들이 태어나면 파란색 리본,

딸이 태어나면 핑크색 리본과 함께 카드에

아기 이름, 사진, 머리 색, 눈동자 색, 축하 메시지 등을 적는다.
우리나라도 같은 풍속이 있었다.
오래전 우리나라도 새 생명이 태어나면
집 대문에 금줄을 걸었다.
아들이 태어나면 숯과 붉은 고추를 새끼줄에 엮어서 걸었고,
딸이 태어나면 숯만 걸었다.

우리나라의 풍속은 사라졌지만, 이탈리아의 풍속은 여전하다.
이탈리아인들은 아이가 태어나면
아직도 아파트 현관문에
아들은 푸른색, 딸은 핑크색 리본을 단다.
눈동자 색까지 적어놓은 탄생 카드를 처음 볼 때는
참 유별난 걸 좋아하는 부모인가 보다 했는데, 다 이유가 있었다.

이탈리아인은 여러 인종*의 피가 섞여
머리 색도, 눈동자 색도 다양하다.
그래서인지 이탈리아 부모들은 아이가 태어나면
아이에게 가장 어울리는 색을 찾아주기 위해 공을 들이는데,
특히 어릴 때부터 자연스럽게 색을 매치하는 훈련을 해준다.

*   이탈리아는 남쪽 끝으로는 아프리카, 북쪽 끝으로는 게르만족의 나라인 오
       스트리아, 스위스와 맞닿아 있으니 수만 년 동안 여러 인종의 피가 섞였다.

잠시 이탈리아의 역사를 살펴보면,

아주 오래전부터

실크로드를 통해 유입된 동방의 화려한 문물을 접하며

이탈리아인의 유전자 속에는 색감에 관한 능력이 자리 잡았다.

성당에 그려진 프레스코화의 화려함,

스테인드글라스의 오묘한 색깔 매치를 보라.

타고난 감각이 아니고는 만들 수 없는

아름다움이 있다고 느껴질 정도다.

번화가에 자리한 옷가게 쇼윈도는 색깔 매치의 교과서다.

이렇듯 색이 풍부한 환경 속에서 자란 이탈리아인 대부분은

자기 머리 색, 눈동자 색에 어울리는 색을 찾아

자기만의 색을 만든다.

이 선호 색은 의상뿐만 아니라 인테리어를 할 때도 쓰인다.

자기만의 고유한 색을 사용해 꾸민 집을 보면

감탄이 절로 나온다.

이렇게 그들은 자기만의 색을 향유하고 살다가

마지막에는 누구나 똑같은 색으로 생을 마감한다.

영어로 퍼플. 우리가 보라색이라 부르는 다소 환상적인 색이다.

인생이 일장춘몽이란 의미일까?

오래전 염색 기술이 발달하지 않았을 때
보라색은 쉽게 뽑아낼 수 없는 귀한 색이었다.
그래서 왕족이나 귀족들만 누릴 수 있었고,
일반인은 생을 마감하는 장례식에서
딱 한 번 보라색을 쓸 수 있었다.
초상이 난 아파트 현관문이나
장례식을 집전하는 성당에 보라색 리본을 걸고,
장례를 집전하는 신부님은 보라색 제의 띠를 두르시고
망자에 대한 예를 갖춘다.

이렇듯 이탈리아인들은 요람에서 무덤까지
색의 향연을 벌인다.
그들을 보고 있으면 색에 대한 편견이 없고
자기만의 색을 가지고 있어서 삶이 더 생기 있어 보인다.

나만의 색깔을 갖고 자유롭게 사는 삶,
타인과 평화로이 공존하며 사는 삶,
그런 삶이 맛깔스러운 삶 아닐까.

럭셔리는 태도에서 나온다

럭셔리 하우스, 럭셔리한 의자, 럭셔리한 삶…
주생활 광고를 보면 '럭셔리하다'는 말이 자주 등장한다.
톱스타가 고급 저택을 공개하면
그날 신문 기사의 앞머리는
어김없이 '럭셔리한 일상'이란 말로 장식된다.
사전에서 '럭셔리luxury'를 찾아보면
'호화로움, 사치, 사치품, 드문 호사'로 쓰여 있다.
이탈리아어로 럭셔리를 'lusso'라고 표기하는데
그 뜻은 물론 영어와 같다.

보통 '럭셔리한 삶'이라고 하면,
전등에서 카펫까지 고가의 장식품으로 가득 찬 집,
그리고 풀장과 샹들리에가 있는 리조트를 떠올린다.

반듯하게 잘 차려입은 웨이터가 다가와
이탈리아산이나 프랑스산 최고급 와인을 따라주고
우아하게 안심스테이크를 써는 장면이 그려진다.
최고급 의상을 입고 보석으로 치장하거나
쉽게 구할 수 없는 향수를 뿌리는 모습도 연상된다.

그런데 정말 이런 삶을 럭셔리하다고 말할 수 있을까?
이런 삶이 진정 우리가 꿈꾸는 삶일까?
이런 생활이 진짜 우아한 것일까?
개인의 취향은 천차만별이기에
어떤 삶이 럭셔리하다고 정의 내리기란 쉽지 않다.
그러나 이런 럭셔리는 나에겐 어울리지 않고
내가 지향하는 바도 아니다.

나는 쇼핑에 중독되어 옷을 사는 타입이 아니다.
고가 브랜드의 옷은 20~30년 전 구매한 제품이 많다.
시장에서 산 옷도 더러 있다.
스스로 찬평하면 '절충주의eclecticism'이고,
혹평하면 '궁상과 절약'의 경계선에서
줄타기를 하는 스타일이다.

나는 비싼 음식도 즐겨 먹지 않는다.

캐비어는 특유의 비린 맛이 나서
거부감이 들어 사양하는 편이고,
푸아그라는 언젠가 거위의 간을
억지로 살찌우게 하는 영상을 본 뒤로 먹지 못한다.
잔혹하고 끔찍한 영화 〈몬도 카네Mondo cane〉 같아서
도저히 손이 가지 않는다.
샴페인도 썩 반가운 술은 아니다.
송로버섯은 이탈리아인이나 프랑스인들이
값이 비싸니까 워낙 귀하게 여겨
나 또한 먹어보려고 몇 번 시도해보았으나
소화가 잘 되지 않아 멀리하게 되었다.
와인은 보존제로 첨가하는 아황산염이 두통을 유발하고
떨떠름한 맛이 입 안에 남는 게 싫어서 즐겨 마시지 않는다.

또 나는 잡동사니를 늘어놓는 성격이 아니다.
먼지가 쌓여서 자주 청소해야 하기에 성가시다.
작은 소품에는 관심이 없으니 단순하게 사는 것이 가능하다.
우리 집의 인테리어 콘셉트는 단순함이다.
친정어머니가 쓰시던 가구를 물려받아 쓰고 있는데
그 가구를 볼 때마다 어릴 때 추억도 새록새록 떠오르니 좋다.
식기류도 마찬가지다.
결혼할 때 친정어머니가 장만해주신 식기에서부터

친정할머니, 시어머니가 쓰시던 것까지,
우리 집 부엌에서 새것 찾기는 보물찾기만큼 힘들다.
그야말로 우리 집은 구닥다리의 향연이다.

이렇게 보면 나는 천성적으로도 체질적으로도
럭셔리한 삶을 누릴 운명이 아니다.
실제로도 럭셔리한 삶에 관심이 없는 편이다.
초라하고 구식이라는 평가를 받아도 상관없다.
중요한 건 나를 편안하게 해주는 내 공간이다.
꼭 필요한 검박한 물건들만 놓인 쾌적한 내 집이다.
그 안에서 안분지족하며 내 시간을 사는 것이다.

사람들은 나를 보고 이른바 '럭셔리하다'고 말하지만,
사실 럭셔리는 나와 거리가 멀다.
그런데 어느 날 럭셔리라는 단어를
다시금 생각하게 만드는 기사를 발견하였다.
프랑스 국적의 세계적인 조향사
장 클로드 엘레나의 인터뷰를 읽게 되었다.
그는 럭셔리에 대한 정의를 달리했다.
"진정으로 럭셔리한 삶은 자기 자신과 조화를 이루는 삶이다.
럭셔리는 소유가 아니라 공유다.
소중한 사람과 즐거운 시간과 경험을 공유하는 것이다."

내가 아끼는 사람들과 행복한 시간을 보내고 추억을 만들며,

세상과 내가 조화를 이루는 삶이 럭셔리라면

내 삶도 럭셔리의 정점에 있겠다.

오지랖이 넓어서일까.

나처럼 내 것, 내 시간, 내 물품을 나눠주고 싶어서

안달하는 부류도 흔치 않은 듯하다.

오래전부터 좋아하는 단어가 있다.

'조촐하다'

아담하고, 깨끗하고, 행동이 난잡하지 않고,

깔끔하고, 얌전하다는 뜻이겠다.

조촐한 삶이 바로 내가 지향하는 삶이다.

황금 깔린 길이 아니라

자연의 냄새가 나는 길이 내가 추구하는 길이다.

복잡하고 호화로운 삶이 아니라

단순하되 맵시 있는 삶이 내가 원하는 삶이다.

"어떻게 하면 멋쟁이가 될 수 있어요?"
"어떻게 하면 옷을 잘 입을 수 있을까요?"
"돈 들이지 않고 감각 있게 입는 법 좀 알려주세요."

이런 질문을 받으면 난감하다.
한 마디로 간단명료하게 답할 수 있으면 좋겠지만
그야말로 백인백색이지 않은가.
나이, 성별, 인종 등에 따라 옷 잘 입는다는 기준이 다르기에
어떻게 입는 게 좋고 나쁜 건지 말하기가 조심스럽다.

내가 옷 입는 법은 이러하다.
먼저, 머리끝부터 발끝까지 색깔을 맞춘다.
너무 요란하지 않게 색을 배합한다.

부담스럽지 않게, 편안하게,
형편에 맞게, 깔끔하게 옷을 차려입는다.
때, 장소, 상황에 맞게 입는다.
마지막으로 내면과 외면의 조화로움을
자연스럽게 드러낼 수 있는 옷차림이면 합격이다.

개인의 개성도 중요하지만
타인의 눈을 찌푸리게 만드는 옷차림,
억지로 젊어 보이려는 옷차림은 피하고자 한다.
엄숙해야 할 장소에서 경박한 옷차림을 하거나
상대는 생각하지 않고
자신만 편하게 느끼는 옷차림을 경계한다.
내 체형에 알맞은 사이즈를 파악하고
나에게 어울리는 옷을 입는다.

무리하게 고가의 옷을 사고
최첨단 유행만을 좇아가고
철 따라 나오는 신상품만을 걸치면서
자랑스럽게 활보하는 이들을 보면 안쓰럽다.
젊어 보이는 건 좋지만
나이에 걸맞지 않게 젊은이들 옷차림을 흉내 내려고
안간힘을 쓰는 모습을 보면 불편하다.

'밴드왜건 효과bandwagon effect'라는 게 있다.
사회로부터 소외되지 않기 위해
유행에 동조하는 현상을 의미한다.
여기서 '밴드왜건'은 퍼레이드 맨 앞에서 악기를 싣고 다니며
사람들의 시선을 끄는 악대차를 의미한다.
사람들은 행렬의 선두에 선 악대차를 보고 따라가고
꽁무니에 있는 사람들은
왜 따라가는지 영문도 모른 채 몰려든다.
다수에 속하고 싶은 군중심리,
유행에 뒤떨어지거나 소외당하는 것에 대한 두려움,
이 두 가지가 빚어낸 모습이다.

한쪽에서는 부지런히 신상품을 만들어
마음이 허한 소비자들을 유혹하고
다른 한쪽에서는 신패러다임을 분석·평가하며
유행을 만드는 데 전념한다.
그리고 대중들은 이 유행을 따라가기에 바쁘다.

로버트 그린은《인간 본성의 법칙》이라는 책에서
코코 샤넬을 언급하였다.
코코 샤넬은 보육원에서 어렵게 성장했기에
인간의 본성을 누구보다 빨리 알아차릴 수 있었고,

그래서 질투심과 동경심을 자극하는 것을
효과적인 마케팅 기법으로 사용했다는 것이다.

이렇듯 복잡다단한 시대에 사는 현대인이
자기 주관을 가지고
자기 형편에 맞는 옷차림을 하기란 쉽지 않다.
쉽지 않기에 그런 옷차림을 한 분들을 보면 반갑다.
유행에 아주 둔감하지는 않지만 자기 취향이 확고하고
자아까지 가늠해볼 수 있는 차림새를 한 사람을 볼 때면
속으로 박수를 친다.

자기 취향이란 단어에는 여러 가지 뜻이 함축돼 있다.
취향이 확고하게 정립되려면
성숙한 내면, 자존감, 정서적 안정이 필요하다.
자신에게 어울리는 것을 찾기 위한 시행착오도 거쳐야 한다.
물론, 자존감이 높을수록 시행착오를 덜 겪는다.
왜냐면 무조건 남을 따르거나 유행에 휩쓸리지 않기 때문이다.
이렇게 정서가 안정되고 취향이 확실하면
무분별한 과소비와 충동구매도 줄일 수 있다.

자신이 누구인지 알고
자신의 경제적 상황을 잘 파악한다면, 부화뇌동하지 않고

자기 분수에 맞는 옷을 입을 수 있다고 믿는다.

사실 모두가 유행을 좇는 것도 아니고 좇을 필요도 없다.

단지 현재 흐름을 파악하고

이를 참고하는 성숙한 자세도 분명 필요하다.

그러한 태도가 반영된 듯한 옷차림을 한 분을 보면

반가움이 배가된다.

트렌드가 아무 의미 없어질 때 진짜 멋쟁이가 된다.

이탈리아가 낳은 불세출한 디자이너

조르지오 아르마니의 의상 철학을 되새겨본다.

"자신의 내면과 외면을 부지런히 돌보는 사람은

안팎이 건강하기 때문에 타인이 돌봐줄 필요가 없습니다.

반면 자신의 내면과 외면을 돌보는 데 소홀한 사람은

안팎의 건강을 잃어 결국 타인의 손길을 필요로 합니다."

나는 건강한 차림새가 좋다.

브랜드 로고가 크게 드러나는 옷차림이 아니라

취향, 안목, 교양이 드러나는 옷차림이 좋다.

누군가의 눈을 의식하는 게 아니라

누군가의 기억 속에 스며드는 옷차림이 좋다.

이것이 사람들이 그렇게도 궁금해하는

'옷 잘 입는' 기준이 아닐까.

옷을 잘 안 사는 이유

"새로 옷을 사지 않기 위해 몸무게를 유지한다."
〈EBS 초대석〉에 출연하여 내가 한 말이 화제가 되었다.
패션계에서 일했던 사람이 옷을 거의 사지 않는다니,
의심의 눈초리도 있는 듯하다.
실제로 나는 옷을 무분별하게 사지 않고
한 번 산 옷을 오래 입는다.

유행의 산실인 파리의 아성에 도전하며
언제부턴가 나란히 어깨를 견주게 된 밀라노,
그 도시 한복판 번화가의 뒷골목에
노신사 프랑코 이아카시Franco Iacasi의 보물 창고가 있다.
이 보물 창고 안에 있는 보물들의 정체는 바로 넝마다.
이 가게의 소장품은

대부분 1800년대 말부터 제작된 의상들인데,
지나가면서 흘깃 보아도
오래된 옷이라는 걸 한눈에 알 수 있다.

그런데 그 노신사는 왜 넝마를 신줏단지 모시듯 보관할까?
이유인즉, 찾아오는 귀한 손님들을 만족시키기 위해서였다.
이곳을 찾은 귀한 손님들의 리스트에는
파리, 뉴욕, 밀라노, 런던을 중심으로 활동하는
세계적인 톱 패션 디자이너들의 이름이 적혀 있다.
유명 톱 디자이너들이 왜 비싼 값을 주면서까지
프랑코 이아카시의 넝마를 사갈까?
돌고 도는 패션 트렌드를 만드는 자양분이
이 넝마이기 때문이다.

유명 디자이너들은 개인 아카이브가 있다.
그들은 오래전의 의생활이 담긴 고서적에서부터,
긴 세월을 지난 유서 깊은 옷에 이르기까지 수집하여
자신의 아카이브에 넣어두고 꺼내본다.
조르지오 아르마니와 같은 디자이너는
데뷔 의상, 역작, 드로잉 등을 차곡차곡 모아서
자신의 이름을 딴 박물관을 개관했다.

톱 패션 디자이너들은 유행이 돌고 돈다는 사실을 알기에
오래된 의상을 21세기 소비자들의 취향에 맞게 변형하여
새로운 옷을 선보인다.
오래전 자신이 만든 초기 의상에
현시대 감성을 불어넣어 컬렉션을 하기도 한다.

현시대 감성을 반영한 디자인이란
단추를 바꾸거나, 어깨 부분을 늘이고 줄이거나,
스커트 길이를 늘이고 줄이거나,
바지의 허리선을 올리고 내리는 등으로 변형한 것이다.
가장 최근에 개발된 원단을 사용하여 신선미를 강조하고
때로는 레트로retro라는 이름으로
과거의 유행을 그대로 재소환하기도 한다.
이렇게 유행은 돌고 돈다.

또 재미있는 사실 하나!
유행을 창조하는 사람들이 모인 곳에 가면
오히려 유행이 보이지 않는다.
그러니 앞으로의 트렌드를 알고 싶다면
오래된 서점과 의류를 파는 곳을 가보면 된다.

까다로운 디자이너일수록 컬렉션을 준비할 때

한 가지 옷만 몇 날 며칠 내내 입는다.

컬렉션에 몰두하기 위해서다.

한때 뉴욕의 톱 패션 디자이너였던 캘빈 클라인도

한 인터뷰에서 이렇게 말했다.

"컬렉션을 준비하는 동안 신경이 곤두서서

한 달 내내 같은 장소에서 같은 옷을 입고,

그곳에서만 먹고 자면서 오로지 컬렉션에만 몰두합니다."

마치 고인이 된 스티브 잡스처럼 캘빈 클라인도

새로운 제품을 발표하기 위해

옷에 신경 쓸 여유가 없다고 말했다.

그래서인지 항상 유니폼 같은 옷을 입지 않았던가!

조르지오 아르마니, 돌체 앤 가바나 등 많은 디자이너들은

패션쇼를 끝내고 잠깐 무대로 나와 인사할 때 공통점이 있다.

대부분 검은색 티셔츠에 짙은 색 바지를 입고

무대에 나온다는 것.

자신의 상품이 잘 팔릴 수 있도록 준비하기 위해

정작 자신을 꾸밀 마음의 여유가 없어서일까?

매 시즌 유행에 몰입하다 보니 신물이 나서일까?

혹은 좋게 표현해서, 옷에 초월해서일까?

예상컨대 모든 게 다 이유가 될 것 같다.

영국의 유명한 디자이너 비비안 웨스트우드도
프랑코 이아카시의 보물 창고에서 횡재한 옷을 입고 다녔다.
비비안 웨스트우드의 보조 디자이너로 근무하는
마랑고니 패션스쿨의 내 동창생이
직접 그 이유를 물어본 적이 있다.
비비안 웨스트우드의 대답은 간단했다고 한다.
"그냥, 입고 싶으니까."

새로운 트렌드를 결정하는 전문가들이나
패션 칼럼니스트들이 자주 사용하는 단어가 있다.
'패션 빅팀fashion victim'
우리말로 직역하면 '유행의 희생자'가 될 텐데,
바로 이 유행의 희생자들을 위해 판매할 상품을 준비하느라
자신들은 유행과 동떨어진, 아니,
유행을 초월한 삶을 살기도 한다.
재미있는 아이러니다.

패션 현장에서 일하면서 느낀 솔직한 심정은
모든 게 '싱겁다'라는 거다.
(물론 여전히 나는 패션을 좋아한다.
패션을 통해 기분 좋은 느낌을 주고받기도 하니까)
사실 옷이라는 게 별것인가?

아무리 색다른 스타일을 만들고 싶어도
두 개의 팔과 두 개의 다리를 가진 몸을 보호해야 한다는
대전제를 가진 것이 바로 옷이라는 개체 아닌가!

레트로라는 이름으로 돌고 도는 트렌드를 제시하는
유럽 패션계의 정보를 접할 때면
"그 옛날 디자이너들의 고물 대신, 미술품을 샀더라면
자산가가 되어 노후를 더 편하게 보냈을 텐데"라고 말하던
보물 창고의 주인 프랑코 이아카시의
다소 회한 어린 표정이 떠오른다.

내가 옷을 거의 사지 않는 이유는 여러 가지다.
예전보다 호기심이 줄어들었고,
유행은 돌고 도는 법이니
옛날에 구입한 옷을 수선해서 입으면 그만이기 때문이다.
이젠 매일 여러 사람을 만나며
나를 보여줄 일이 많지 않으니
나를 만족시키는 옷만 입으면 된다.

프랑코 이아카시의 보물 창고에 직접 가지 않아도
내 옷장을 잘 뒤져보면 레트로는 얼마든지 찾을 수 있다.
좋은 원단으로 만들어진 옛날 내 옷에 새로 단추를 달고,

어깨 부분도 손 좀 보고, 길이도 약간 조절해주면
오래된 옷이 새로운 시대에 맞는 새 옷으로 거듭난다.

다만 나날이 무너지는 보디라인을 유지하는 게
가장 큰 숙제이긴 하다.

억지로라도 웃어보자

세상에! 이 할머니가 누구지?

찌푸린 양미간.

축 늘어져 심술궂어 보이는 두 뺨.

또 눈빛은 왜 이렇게 불만투성이인가.

암상궂게 생긴 할머니의 정체는 바로 나였다.

15여 년 전 버스를 타고 가다가

차창에 비친 내 모습을 보고 화들짝 놀랐다.

당시 50대 중반이었으니

이미 노화는 진행되고 있었다.

노화에 따른 변화를 각오하고 있었지만

내가 이토록 늙고 심술궂은 할미로 보인다니!

내 표정의 스산함에 대해 심각하게 고민하기 시작했다.
'왜 나이가 들면 얼굴이 어두워질까?'
버스나 지하철을 탈 때마다
경로석에 앉아 계신 어르신들의 표정을 살폈다.
그분들의 표정이 내 표정과 닮았음을 발견하자마자
나는 소스라치다가 이내 서글퍼졌다.

같이 늙어가는 동료인 내가 봐도
어두운 얼굴을 보면 기분이 상쾌하지 않은데,
젊은이들의 눈에 이 늙어감이 얼마나 부정적으로 느껴질까.

문득 이런 생각이 들었다.
'웃기만 해도 얼굴이 달라 보일 텐데.
상냥한 눈웃음을 건네고
날씨를 주제로 가볍게 인사라도 건네면 좋을 텐데.'

삶이 고달프면 웃음이 줄어들겠지만
돈이 부족하다고 미소까지 인색해지는 이유는 무엇일까?
마음의 문제인가? 사회 시스템의 문제인가?
웃음도 환경의 지배를 받는 건가?
그러고 보니 나도 유럽에 있을 땐 자주 웃는 편이었는데
우리나라에 있을 땐 표정이 굳어버린다.

그러던 어느 날 신문을 보다가 한 기사를 보았다.
즐거워서 웃지 말고 즐거워지기 위해 웃으라고.
억지로라도 웃으면 뇌가 즐겁게 느낀다고.
심지어 치매도 예방할 수 있다고.
게다가 자주 웃으면 리프팅 효과까지 있단다.
통쾌하게 웃으면 다이어트에도 도움도 되고…

그 신문 기사를 읽고 나서
아침저녁 세안을 한 뒤 거울을 보면서
웃는 연습을 부지런히 하기 시작했다.
특히 울적하거나 컨디션이 좋지 않을 때
'난 즐겁고, 즐거울 자격이 있고, 즐거워야 한다'라고
스스로 최면을 걸면서 웃어보았다.
누군가 몰래 나를 봤다면 약간 실성한 사람으로 생각했겠지.

요즘 나는 억지로라도 웃는다.
두 아들은 장성해서 곁을 떠났고,
말도 웃음도 많지 않은 배우자와 함께 있는 시간만 늘어나니
여간해선 웃을 일이 없지만 그래도 웃는다.

'소문만복래笑門萬福來'라는 말도 있고
'웃는 낯에 침 뱉으랴'라는 속담도 있지 않은가.

웃는 일엔 큰 에너지가 필요하지도 않다.

돈도 들지 않는다.

억지로라도 웃을 때마다

어김없이 머리를 스쳐지나가는 시구 두 편이 있다.

왜 사나건

웃지요.*

복사꽃 물 따라 아득히 흘러가니

별천지 이곳은 인간 세상이 아니라오.

桃花流水杏然去

別有天地非人間**

<hr />

* 김상용, 〈남으로 창을 내겠소〉 중.

** 이백, 〈산중문답〉 중.

어릴 때 나는 할머니를 '함무니'라고 부르곤 했다.
친정어머니는 대가족 살림을 챙기시느라
나에게 손길과 눈길을 많이 주실 여유가 없으셨다.
그 허전함을 채워주시고 보듬어주신 분이 할머니셨다.
이른 아침, 까다로운 내 비위를 맞춰주시며
숱 없는 내 머리를 양 갈래로 땋아주셨던 분도 할머니셨다.

겨울이면 할머니는 숯을 가득 담은 화로에 인두를 올려놓으시고
한복 바느질을 하시며 바늘귀 꿰는 법부터
한복 만드는 법까지 차근차근 알려주셨다.
햇살이 가득 비치던 할머니 방 아랫목에서 흐르던 시간은
정말 아늑하고 따뜻했다.
바늘에 실을 너무 길게 꿰면

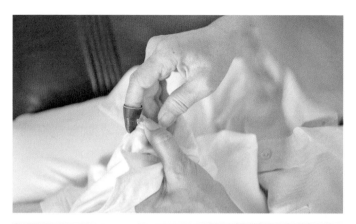

바느질이 힘들다는 팁도 이때 배워서
지금껏 평생 유용하게 사용하고 있다.

조선시대 말에 태어나신 할머니는
옛날 어린이와 여자들의 이야기를 들려주시곤 했다.
《장화홍련전》《콩쥐팥쥐전》《홍길동전》《임꺽정전》 등
그 어떤 책 속의 이야기보다
할머니의 이야기가 더 흥미진진했다.
할머니의 주름진 손을 만져가며 듣는 이야기,
그 따뜻한 느낌은 평생 내 삶의 자양분이 됐다.

할머니는 법도가 까다로운 양반집의 여식이었지만
할머니 집안은 경술국치와 일제강점기를 거치며 몰락했다.
생활이 궁핍해졌음에도 할머니께서는
좋은 솜씨를 발휘해 삯바느질로 생계를 유지하셨다.
아들인 친정아버지를
고등학교까지만 가르칠 수밖에 없었던
그 시절을 이야기하며 못내 아쉽고 속상해하셨다.
세상 물리를 터득하며 할머니는 얼마나 한이 많으셨을까
미루어 짐작해본다.

그런 할머니께서는 내가 대학교 4학년일 때 돌아가셨다.

항상 잔잔한 목소리로 예의범절에 관해 이야기해주셨고
그 말씀이 살아가는 데 큰 힘이 되었다.
그 말씀 몇 가지를 *끄적끄적* 해본다.

"항상 위턱은 무겁게, 아래턱은 가볍게."
위턱이 무겁고 아래턱이 가벼우면
입이 쉽게 열리지 않으니 말실수가 줄어들 거라는 말씀이다.
할머니의 은유법이 기가 막힌다.

"생색내지 말고 공치사하지 말거라."
"보시한 걸 망각하거라."
누군가에게 호의를 베풀 때에는
소리 없이 조용히 실천하라는 말씀이다.
오른손이 하는 일을 왼손이 모르게 하라는
《성경》 말씀과 같은 맥락이다.

"잠잔케."
할머니는 '점잖게'를 '잠잔케'로 발음하셨다.
내가 말괄량이처럼 뛰어다니고 덜렁거릴 때
할머니가 늘 하셨던 말씀이다.
훗날 '점잖게'의 뜻이 '말이나 행동이 경박하지 않고
언행이나 태도가 진중하고 고상하다'란 걸 알았다.

할머니는 나에게 큰 기대를 품으셨던 것 같은데
기대에 부응하지 못해 지금껏 죄송하다.

"밥은 열 군데서 먹어도, 잠은 한 군데서 자야 한단다."
사춘기 시절, 친한 친구 집에 모여 함께 공부하고 난 뒤
그곳에서 자고 와도 되는지 여쭤봤을 때,
어쩔 수 없이 허락해주시면서도 꼭 덧붙이셨던 말씀이다.
조선시대 법도가 몸에 밴 분이니
다 큰 여자아이가 밖에서 자고 온다는 게 탐탁지 않으셨던 거다.
그런 말씀을 듣고 자라서일까.
여행을 갈 때 말고는
잠자는 장소를 쉽게 바꾸지 못하는 습성이 생겨버렸다.

"쌍둥이도 선둥이가 있고, 후둥이가 있다.
봄볕을 하루 먼저 쬐어도 선배 대접을 해줘야지."
세 살 많은 오빠에게 대들려고 하면
나를 타이르며 해주셨던 말씀이다.
할머니는 언제나 위계질서를 강조하셨다.

"조막손을 가진 사람은 싸움을 못 하나?"
오빠가 나를 때리려고 하면
오빠에게 무서운 얼굴로 훈계하시며 이르던 말씀이시다.

조막손은 손가락이 없거나 오그라져 퍼지 못하는 손인데,
손을 못 쓰는 사람은 말로 싸우는 수밖에 없지 않은가.
할머니는 폭력은 쓰지 말고 말로 싸우라는 교훈을 주셨다.

"무릎맞춤할 행동은 하지 말거라."
언젠가 이 말의 뜻이 이해가 되지 않아서 여쭤보았다.
"가장 품격 없는 행동은 남의 말을 전해서
삼자대면하게 만드는 일이다.
남의 말을 전하지도 말고, 이간질하지도 말고,
뒤에서 뒷말로 욕하지도 말아야 한다."
할머니의 가르침 덕분일까.
나는 아직까지 무릎맞춤을 해본 적은 없다.
물론 뒷담화도 조심하려 노력한다.

"왕후장상의 씨가 따로 있겠는가?"*
아무리 귀한 신분으로 태어났어도
자기의 행동에 따라 직위가 급등하거나 직하할 수 있으니
처신을 잘하라는 말씀이셨다.

---

*   최충헌의 사노비인 만적이 한 말. 만적은 고려시대 무신 집권기에 천민의 신
     분을 뛰어넘고자 난을 일으켰는데, 이때 '왕후장상이 타고난 씨가 있는 것이
     아니고 때가 오면 누구든 할 수 있는 것'이라고 말했다.

"참을 인忍 자 세 번이면 살인도 면한다."
"가죽 부대가 터지랴."
점잖은 사람은 참을성이 많은 법이라며
인내심을 특히 강조하실 때 이렇게 말씀하셨다.
가죽 부대 말씀도 마찬가지다.
화낼 일이 있어도 가슴에 담아두고 참으면
위기를 피해갈 수 있다는 뜻이다.

어려서 할머니 말씀에 모두 동의할 수는 없었지만,
담담하고 나직한 목소리로 찬찬히 말씀하시면
나도 모르게 목이 움츠러들며
'이크' 하고 움찔했던 기억이 있다.

"지나가던 거지들에게도
꼭 따뜻한 밥을 상 위에 차려서 주거라."
할머니는 늘 아랫사람들에게 베풀고 살라고 이르시던
집안의 진정한 어른이셨다.
새삼 할머니의 말씀을 떠올리며
옛 어른들의 지혜와 혜안에 감탄해본다.

정기적인 출퇴근을 하지 않으니

가끔 낮에 텔레비전을 틀어놓는다.

동안 유지법, 노화 방지 프로그램, 콜라겐 섭취법,

여성호르몬을 보강하기 위해 복용해야 할 식품 소개까지…

아침 방송을 가만히 보고 있으면

노화에 대해 여러 생각을 하게 된다.

노화는 무조건 막아야 하는 좋지 않은 일이고,

만약 노화 방지를 위해 노력하지 않으면

무언가 큰 잘못을 저지르는 것처럼 느껴질 정도다.

나같이 거울 보는 일에 게으른 사람이나

나이가 드는 대로, 흘러가는 대로 순응하는 부류는

정말 잘못을 저지르고 있는 것일까?

워킹맘 시절, 나는 매일매일 시간과 전쟁을 했다.
아침 세안과 저녁 세안을 하는 시간을 빼고는
거울을 거의 들여다보지 않았다.
아니, 들여다볼 시간이 없었다.
나의 약혼식과 결혼식 날을 빼고는
파운데이션을 발라본 적이 없다.
1분 1초를 다투며 살아서였을까,
내 얼굴이 동안인지 노안인지
제대로 들여다보며 평가할 겨를이 없었다.

젊음만을 찬양하는 아침 방송과 광고를 보다가
'나, 잘못 살고 있나?'
살짝 야단을 맞는 기분이 들어 심사가 뒤틀렸다.

늙지 않는 사람이 있나?
늙지 않아서 뭐 할 건데?
태어나면서 죽음을 향해 가는 게 피조물의 운명인데
무슨 수로 노화를 방지해?
나이 드는 게 나쁜 건가?
젊음이란 대체 무엇이고 늙음은 또 뭐지?
태어나서 시간이 흐르고 시간이 쌓인 게 늙음일 뿐인데,
시간이 쌓이는 건 결국 경험이 쌓이는 건데

뭐가 잘못된 거지?

나이 듦에 대한 화두를 붙들고
오랜 시간 묵상하며 내린 결론은 이것이다.
누가 뭐라 해도 내 갈 길을 가자.
젊음은 젊은이들에게 내어주자.
나이 듦과 사이좋게 지내자.
나는 나대로 내게 주어진 시간을 충실히 쌓아가자.

이렇게 결론을 내리고 나니
시간이 쌓이는 게 겁나지 않게 되었다.
다만, 경험이 쌓이는 건 좋은데
신체 기능도 겉모습도 조금씩 변화가 생기니
아쉬운 마음이 드는 건 어쩔 수 없다.

오래전 친정어머니와 함께 한 인터뷰 방송을 보았다.
세기의 미녀로 불린 배우 엘리자베스 테일러가
뇌수술을 받은 뒤 방송에 출연한 것이다.
수십 번의 성형수술을 받은 경험이 있던 그녀가
앞으로 다시는 성형수술을 하지 않겠노라고 선언했다.
그러면서 이런 말을 덧붙였다.
"이제는 주름을 감추려고 애쓰지 않을 거예요.

이 주름이 만들어지기까지 얼마나 많은 경험을 쌓았는데요.
물론 그 경험이 모두 좋은 것만은 아니었지만요."

그녀의 변화에 고개를 끄덕이던 나는 친정어머니에게 물었다.
"어머니, 늙으면 왜 모양도 기능도 다 망가질까요?"
나의 우문에 친정어머니는 현답을 주셨다.
"그래야 죽어도 덜 억울하겠지!"
그래, 먼지로 사라질 몸뚱이를 붙들고 무얼 하겠는가.

언젠가 이탈리아 방송에서
우리나라의 성형 실태를 취재한 적이 있다.
동안에 대한 집착으로 병원을 찾는 중년 여자들을 소개하며
세계에서 가장 성형수술을 많이 하는 나라가
한국이라고 보도하는 내용이었다.*
성형의 긍정적인 측면도 있지만
오로지 외모지상주의에 따라가는 세태가 안타까웠다.

노안을 완전히 동안으로 바꿀 수는 없다.

---

*   2011년 국제미용성형외과의사협의회ISAPS가 각국의 회원들을 대상으로 조
사한 자료에 따르면, 인구 천 명당 성형수술을 가장 많이 하는 나라는 한국이
었다. "국내에서 시술을 받는 외국인의 수도 포함되어 한국인 성형수술 통계
만 오롯이 반영된 것은 아니다"라는 지적도 있다.

시간이 갈수록 중력의 영향으로
내장기관은 조금씩 힘을 잃을 테고
몸은 쇠퇴해 굼뜨게 될 테고
기억도 가물거리게 되는 일이 많아질 테고
신체적으로나 정신적으로나 순발력이 떨어질 것이다.

다만 시간이 쌓일수록 더 좋아지는 것이 있다.
'통찰력'이다.
세상을 꿰뚫어보고, 세상을 더 넓게 바라보는 통찰력은
더 깊어가는 것 같다.

나이 든 사람이 '나이는 숫자에 불과하다'라고 말하면
젊은이들은 코웃음을 칠 것 같다.
동안을 유지하는 데 들이는 노력을,
몸의 기능이 건강해지도록 만드는 데 쓰면 어떨까.
젊은이들이 각자의 길을 걸어갈 때
그 길 위에서 걸리적거리지 않고 지혜롭게 비켜주는 게
한 번 젊어본 인생 선배의 역할이 아닐까.

영국의 피부과 의사들이 내놓은 연구 결과가 있다.
피부에 어떤 자극도 주지 않는 수도자 그룹과,
피부 관리에 많은 시간을 들이는 그룹으로 나누어

오랜 시간 피부결을 관찰해보았더니
온갖 관리를 하며 자극을 준 그룹보다
아무런 관리도 없고 자극도 주지 않은 수도자 그룹의 피부가
훨씬 더 투명하고 맑은 피부결이었다고 한다.

물론 두 그룹의 라이프스타일이 달라서
단순하게 비교할 수는 없지만,
나처럼 피부 관리에 소홀하고
거울 보는 데 게으른 사람에게는 반가운 소식이었다.

대
사
님
이 정
말

궁
금
해
하
던 풍
경

2001년 가을 어느 날

주한 이탈리아 대사관 관저에서 리셉션이 열렸다.

리셉션의 주인공은 장명숙이었다.

이탈리아 정부에서 공로를 인정한다는 의미로

나에게 명예기사 작위를 내렸는데

그 작위수여식이 열린 날이었다.

1978년 유학생 시절부터 이탈리아와 인연을 맺은 뒤

참 많은 인연과 경험을 쌓았지만

그토록 영광스러운 자리를 만들어주실 줄은 몰랐다.

참고로 유럽에는 여전히 상징적인 귀족 계급이 남아 있다.

국가에서 내리는 작위의 서열은

공작 – 후작 – 백작 – 자작 – 남작 – 기사 등으로 나뉘어져 있다.

조금씩 비울수록 편안해지는 것

품위 205

그 당시 주한 이탈리아 대사인 프란체스코 라우지 대사님이
명예기사 작위 훈장을 달아주신 뒤 소감을 말할 기회를 주셨다.
"과분한 영광입니다."
내가 이렇게 감사의 인사를 시작하자,
대사님은 그에 대한 답례 말씀을 농담같이 건네오셨다.
"무슨 소리입니까?
그동안 이탈리아와 한국 사이의 교량 역할 외에도
한국에 처음 들어온 이탈리아인들에게
베이비시터 역할도 맡아주셨으니
당신은 진정한 기사 자격이 있어요."
좌중은 웃음바다가 됐고
그 이후 나의 이탈리아 기사 역할은 더욱더 바빠졌다.

우리나라에 새로 들어온 이탈리아인들은
한국에 정착하기까지 현지인의 도움을 필요로 한다.
집을 구하는 일부터 의식주에 관한 세세한 것까지…
물론 대사관에 담당자가 있지만
때로는 이탈리아어로 소통하는 것이 가능하고
직접 현지에서 살았던 나 같은 이들의 도움이 필요할 때가 많다.
나 또한 이탈리아에서 객지 생활을 하며
현지인의 도움이 소중하다는 사실을 알기에
가능한 한 내 능력 안에서 최대한 도움을 주려고

시간을 할애했다.

우리나라에 처음 들어온 이탈리아인들은 문화 충격이 크다.
우리가 처음 유럽에 갔을 때 느끼는
문화의 차이를 상기하면 이해가 된다.
더구나 우리나라에서는
대중매체를 통해 서양문화를 자주 소개하지만
이탈리아에서 우리나라 문화를 접하기란 쉽지 않다.
그러니 이탈리아인들이 우리나라에 와서 느끼는
문화 차이의 간극이 훨씬 큰 듯하다.
아무리 현지 문화를 미리 습득하려 노력했다 하더라도
글로 배우는 것과 직접 부딪치는 건 다르니까.

언젠가 주한 이탈리아 대사관 비서실에서 SOS 연락이 왔다.
주한 이탈리아 대사로 새로 부임하신 분이
동양란을 찾으시는데
함께 동행해줄 수 있느냐고 물어왔다.
새로 부임한 주한 이탈리아 대사님은
동양문화를 좋아하는데다 동양의 골동 마니아셨다.
나는 대사님과 함께 그분이 좋아하는 동양란을 찾으러 다녔다.

온종일 서울 시내를 돌아다니고

대사관 관저에서 맛있는 식사를 대접받았다.

그렇게 식사하던 중 대사님은 진지하다 못해 심각한 표정으로

나에게 제법 많은 질문을 던지셨다.

그 질문 중 나도 대답을 해드릴 수 없었던 한 가지가 있었다.

"왜 한국의 여자분들은 백을 직접 안 들고 다니나요?

젊은 분들이 패션 감각도 뛰어난데요.

남자들의 에티켓인가요? 기사도 같은 건가요?"

대사님의 질문에 나는 폭소를 터트렸다.

옷차림의 완성은

옷과 매치시키는 백이 결정한다 해도 과언이 아닌데,

어떤 여성들은 본인이 자신의 백을 들지 않고

옆에 있는 남자친구 혹은 배우자가 백을 들어준다.

나 또한 때때로 봐온 풍경이고

그 이유가 항상 궁금했다.

더구나 고가의 명품백을 들고 다니는 것이

이제는 흔한 일이 되었는데

왜 그 좋은 백을 본인이 들지 않고 남자가 들어줄까?

약자에 대한 보호인가? 혹은 기사도 정신인가?

멋진 고가의 백을 들고 다니지 못할 정도의 체력이면

외출도 힘들지 않겠냐고 심각하게 질문하시는 대사님께
나 또한 제대로 된 답을 드리지 못했다.
그날 저녁 식탁에서 우리는
'진정한 기사도란 무엇인가'에서부터
동서양의 예절, 남녀관계까지 끝없이 이야기를 나누었다.

예전보다 지금 우리나라 여성들의 삶의 태도는 많이 달라졌다.
자기 삶의 단독자로 서서
당당하게 사는 여성들이 많아졌다.

누군가의 조력을 필요로 하거나
누군가의 조력자 역할만 하는 사람이 아닌,
단독자로서 멋지게 살아갈 수 있기를 진심으로 바란다.
모두를 응원한다.
옷차림의 완성인 백은 자신이 들고…

주인 잃은

러브레터를 보며

밀라노에 작은 거처를 마련할 때
할머니가 쓰시던 옷장,
친정아버지가 쓰시던 자개 책상,
친정어머니가 쓰시던 교자상 등
서울에서 자주 쓰던 고물들을 주로 가져왔다.
새 물건을 마구 구입하는 성향도 아니었지만,
무엇보다 이탈리아 친구들이 우리 집에 놀러오면
한국에서 가져온 옛날 물건들에 깃든 이야기를 하면서
나의 역사와 우리나라의 역사에 대해 알려주고 싶었기 때문이었다.

집이 대충 모양새를 갖출 때쯤 작은 책상도 살 겸,
내가 모르는 타인의 역사가 깃든 물건도 구경할 겸,
매달 말에 열리는 밀라노 벼룩시장에 갔다.

주머니 사정에 맞는 책상을 찾고자 발품을 팔다가
내 마음에 쏙 드는 책상을 발견했다.

크기, 색깔, 모양이 모두 좋았다.
1950년대에 만들어진 책상인데, 서랍의 깊이가 제법 깊었다.
서랍을 닦으려고 꺼내다가
서랍 끝에 뭔가 끼어 있는 느낌이 들어
손을 깊숙이 넣어보니 서류 뭉치가 나왔다.
누렇게 색이 바랜 서류 뭉치를 풀어보니
와! 세상에나!
오래전에 책상 주인이 받았을 것으로 추정되는
러브레터 뭉치였다.

호기심에 몇 장을 읽다가 예의가 아닌 것 같아 덮었다.
'어떤 사이였을까? 책상의 주인은 고인이 되었을까?
이 러브레터를 어떻게 돌려주지?'
다행히 판매자의 명함을 받아두어 연락을 취해보았지만
아쉬운 답만 돌아왔다.
"모르겠는데요.
스곰브라토레sgombratóre*에게 인계받은 거라서."

*   물건 철거, 유품 정리를 하는 사람.

고인과 정서적인 교류가 전혀 없던 사람이니
유품을 정리하는 데 감정이 섞일 리가 있었겠는가.
그저 유품은 고인이 남긴 물건일 뿐.
아니, 고물일 뿐.
벼룩시장의 업자는 비싸게 파는 데에만 관심이 있었겠지.

이 경험을 계기로 나는
지금 살아 있을 때 평소 아끼던 물건들을 정리하기로 결심했다.
주인에게 돌려주지 못하고 버려진 러브레터를 보며
쓸쓸함과 더불어 작은 교훈까지 얻게 된 셈이다.

인생이라는 좌판을 펼치다가 뉘엿뉘엿 노을이 지면
좌판을 정리하며 석양 속으로 사라져가는
떠돌이 장돌뱅이의 삶이 우리네 삶과 같지 않은가.
더구나 떠나야 할 그때가 언제인지는
정작 본인도 모른 채.

누군가는 많은 걸 남기고 떠나고
누군가는 빈손으로 떠나는 삶.
나는 내가 관리할 수 있을 만큼만 잘 꾸려가다가
훗날 세상을 하직하고 싶다.

내가 가진 물건을 모두 껴안고 살다가
황망히 끌려가고 싶지 않은 욕심.
언제 죽음이 닥쳐도
내가 있던 뒷자리가 깔끔했으면 좋겠다는 욕심.
욕심이 욕심으로 끝나지 않도록
오늘도 나는 내 분신들과 작별인사를 나누는 중이다.
나의 황혼을 아름답게 갈무리하는 하루하루가 소중하다.

남이야

어떻게 살든

우리나라의 회식과 이탈리아의 회식 분위기는 사뭇 다르다.
우리는 상사가 시키는 메뉴를 대충 따라가는 분위기인데,
이탈리아는 자기 취향대로 메뉴를 고른다.

"나는 오늘 점심으로 생선을 먹었으니
저녁에는 고기를 먹겠어요."
"오늘 소화가 잘 안 될 것 같으니 부드러운 수프만 먹을래요."
"다이어트 중이니 탄수화물은 절대 사절입니다."
상사나 옆 사람이 주문한 메뉴를 따라 고르지 않고
자기가 이 메뉴를 왜 골라야 하는지 설명한다.
심지어 장황하게 이야기하는 사람도 있다.

그들은 어려서부터 타인에게 피해를 주지 않고

조금씩 비울수록 편안해지는 것

품위 215

사회 규범을 거스르지 않는 범위 내에서
자기 개성을 표출하고 자기감정을 말할 수 있도록 키워졌다.
자기 적성에 맞는 직업을 고르고
자기 의견을 말하는 데 주눅들지 않고
자기 체질에 맞는 취미를 찾아서 즐긴다.

개성이 강한 여자를 주눅들게 만드는 환경에서 자란 나는
이탈리아인들의 당당함에 익숙해지는 데
참 오랜 시간이 걸렸다.
겉은 아닌 척해도 속으론 움찔움찔했는데
익숙해지고 나니 그들의 문화가 건강한 문화라는 생각이 들었다.

물론 요즘 우리나라 분위기도 많이 달라졌다.
MZ세대는 자기 취향을 존중받기를 원하고
무조건 굽실거리지 않으며 당당하다.
그러나 회식 자리에서
자기 취향을 드러내는 직원들을 보면
못마땅한 표정을 짓는 상사들이 여전히 존재한다.
'취향 통일'에서 '취향 존중'으로 가는 길목에 있어서 그런가?

"Live and let live."
'남이야 어떻게 살든 서로 자기 방식대로 살아가는 거지…'

소설이나 음악의 제목으로 여러 번 사용된 이 말은
관용정신과 개인주의가 복합된 의미다.
태어날 때부터 키워진 자존감과
'나는 유일무이하다'라는 존재감이
자기 취향을 찾게 해주고 결정장애가 없는 사회를 만든다.

자기 취향을 정확히 아는 건강한 사람들이 모인 사회에서
좋은 디자인이 탄생하고,
다양성이 존중되는 분위기에서 각 개인은
개성을 구가하며 자유로운 삶을 누릴 수 있다.

남이야 어떻게 살든 상관하지 말자.
나는 나대로, 그들은 그들대로 살게 두자.
단, 사회에 해악을 끼치지 않으면서 말이다.

의
복
변
천
사
의

뒤
안
길

나는 '역사의 뒤안길'이란 말을 무척 좋아한다.

역사의 갈피를 제대로 뒤적여보면

우리가 의심조차 하지 않고 당연히 여기고 받아들였던 사실이

실은 당연하지 않았음을 발견하기 때문이다.

11~13세기에 벌어진 십자군전쟁 이후

14세기 후반에 태동된 르네상스 시대에

서양 의복은 다양하게 발전했다.

당시 인도, 중국, 중동의 문화가 유입되어 복잡한 형태를 띠었는데,

르네상스 이후 바로크 시대와 로코코 시대는

인류사에서 남녀의 복식이 가장 화려했던 때였다.

바로크 시대에는 여자의 머리 장식을 위해

높은 사다리가 동원될 정도였으니까.

일상의 번거로움에서 벗어나야
자기 자신을 꾸밀 여유가 생기는 것일까.
동서양을 막론하고 하인이 있는 계급 사회에서는
남녀의 복식이 무척 화려했다.

이렇게 화려함을 구가하던 복식에
가장 큰 영향을 끼친 사건은 프랑스 혁명이다.
프랑스 혁명 이후, 반바지에 실크 양말을 신던 남자들은
혁명군처럼 긴 바지를 입기 시작했고
실크 재킷은 영국에서 방적기가 발명되자
방적기로 생산된 모직 재킷으로 대체되었다.
실로 몇백 년 만의 커다란 변화였다.

프랑스 혁명 이후,
시민 계급을 중심으로 의생활이 급격히 변했다.
특히 영국에서 일어난 산업혁명은 인류사에 큰 변화를 주었다.
체크, 스트라이프 등 새로운 형태의 의복 재료가 출현하는 등
당연한 이야기이지만 유럽이 중심인 서양복의 역사는
해가 다르게 변화하고 발전했다.
프랑스 궁정의 의상을 담당하던 재봉사들이 영국으로 건너가
방적기로 짠 다양한 원단으로 해마다 유행을 선도했고,
지금의 영국 남성복의 토대를 만들었다.

그야말로 시너지 효과가 폭발한 시기였다.

1800년대에 들어서며
영국 빅토리아 왕조의 주인공인 빅토리아 여왕,
프랑스의 나폴레옹 3세 부인인 외제니 드 몽티조 왕후 등이
당대의 패션 리더, 혹은 패셔니스타 역할을 담당하였다.
해마다 새로운 형태의 옷을 입고 대중 앞에 나타났고
초상화가를 불러 자신의 모습을 남겼다.

1800년대 말부터 제1차 세계대전이 일어나기 전까지를
'벨 에포크belle époque' 즉 '아름다운 시대'라 불렀는데
정치적인 격동기를 겪은 뒤 유럽의 태평성대 시대였다.
이 시기에 지금 우리가 익숙하게 사용하는
안경, 우산, 부채 등이 출현했다.
알고 보면 이런 물품들은 동양과 교류가 활발해지면서
동양에서 유입된 동양 문물이었다.

제1차 세계대전이 발발한 이후 서양복은 더 간결해졌다.
'아르누보Art Nouveau' 즉 '새로운 예술'이라는 예술사조가
의생활에 한 획을 그었다.
바로 이 시기에 프랑스 파리를 중심으로
여성복에서 유행하는 특별한 실루엣이 등장했다.

1883년에 태어난 코코 샤넬이
1920년에 모자 부티크를 개업하여 데뷔한 후
서서히 실력을 쌓던 시기도 이때다.
르네상스 이후 파리가 유럽 문화의 중심이 되자
문화적 우선권을 내어준 이탈리아의 재주꾼들,
예를 들어 니나리치 등이
파리로 몰려가기 시작한 시기도 이때다.

이후 다시 발발한 제2차 세계대전으로
여성복들은 더욱 단순화되고 현대적으로 바뀌었다.
크리스티앙 디오르가 본격적으로 두각을 드러내며
파리의 패션을 이끌어갔고,
코코 샤넬은 나치에 부역했다는 혐의로
은둔의 시기에 접어들었다가,
1950년대 후반 다시 등장해
미국인들에게 호평을 받으며 명성을 이어갔다.

프랑스를 중심으로 변화하던 패션계에
1960년대에 영국의 메리 퀀트가 혜성처럼 나타나
미니스커트라는 전대미문의 실루엣을 발표했다.
그녀는 1966년에 대영제국 훈장을 받았다.
1968년에는 당시 가장 핫한 뉴스 제공자였던 재클린 케네디와

그리스의 선박왕이라 불리는 오나시스의 재혼식이 있었는데,
바로 이때 의상을 디자인한 사람이
이탈리아의 발렌티노 가라바니였다.
가라바니가 선보인 옷은 그 당시 패셔니스타들을 경악시켰다.
당시 유럽의 패션지에는 이탈리아의 발렌티노 가라바니가
'뒷통수를 쳤다'라는 기사가 실릴 정도였다.

1974년에는 조르지오 아르마니가
여성의 사회 진출이 활발해지는 사회상을
의상 콘셉트에 반영해서 화제를 이끌었다.
1978년에는 잔니 베르사체가 등장하여
여성의 신체를 가장 아름답게 돋보일 수 있도록 해준다는
찬사를 받았다.
잔니 베르사체의 디자인은 프랑스가 석권하던 패션계를
이탈리아의 디자이너들이 새로운 방식으로 평정하게 되는
계기를 만들었다.

그로 인해 1980~1990년대에
숨가쁘게 새로운 컬렉션이 나오기 시작했다.
특히 잔니 베르사체는 엘튼 존과 마돈나 등에게,
조르지오 아르마니는 조디 포스터, 리차드 기어 등
전 세계 톱스타들에게 사랑을 받으며

이탈리아와 파리라는 두 패션계의 양대 산맥으로
큰 축을 이루며 활동하였다.
그리고 2021년 현재.
파리, 밀라노, 런던, 뉴욕 등 4대 도시에서
세계적인 디자이너들이 매해 두 번씩
새로운 컬렉션을 발표하고 있다.

패션 역사의 뒤안길을 다시 들여다보다가
재미있는 사실 한 가지를 발견했다.
때로는 느리게, 때로는 빠르게… 끊임없이 패션은 변했지만
그 속에 변하지 않는 규칙이 있었다.
복잡함과 단순함이 교대로 반복된다는 점이다.
비단 패션의 역사뿐만 아니라 인간사도 그러하지 않은가.

역사의 뒤안길에서 나는 인생의 규칙을 본다.
역사는 돌고 돈다는 것,
많은 것이 변한 듯 보여도
분명 그 안에서도 변치 않는 것이 존재하고 있다.

논나의 이야기 4 — 책임

이해하고 안아주는
사람이 되어볼 것

장기기증을
신청하다

조금씩 죽음을 준비하고 있다.
내가 죽은 뒤 남겨진 물건은 유품이 되지만
내가 죽기 전 건넨 물건은 정표가 될 테니
나의 물건들을 주변인들에게 정표로 나눠주고 있다.

또 가끔 두 아들에게 농담조로 부탁한다.
"엄마 죽으면 장례식은 간소하게 해줘.
장례비 아껴서 엄마가 관여했던 사회복지기관으로 보내줘.
제사는 지내지 마.
다만 엄마가 가톨릭 신자로 살았으니
엄마가 세상 뜬 날, 죽은 이들을 위한 연미사는 올려줘.
그 의식이 일종의 제사니까."

그리고 장기기증을 신청했다.

2009년 2월, 평소 존경하던

김수환 추기경께서 하늘나라로 가시면서

사후 각막 기증을 하셨다는 사실을 접하곤 나도 마음을 굳혔다.

'한마음한몸장기기증센터'에 문의해보니,

장기 전부를 기증할 경우 필요한 장기를 적출하고

시신은 화장해서 분골을 해준다는 답변을 들었다.

그런데 장기기증을 하려면 가족의 동의가 필요했다.

특히 남편은 "같이 묻히고 싶다"며 만류했다.

"아유, 그냥 살아 있을 때 많이 사랑해주세요."라고 설득했다.

두 아들은 "어머니 몸이 약해서 힘드실 텐데"라며

반대하는 뉘앙스를 풍겼다.

"지금부터 엄마에게 잘해줘. 튼튼하게 살다가 죽을 거야.

각막을 이식해서 밝은 세상을 볼 분들을 생각해봐."

나는 농담으로 받아치며 장기기증 신청을 감행했다.

이 결단으로 관과 수의에 관한 고민을 상쾌하게 해결했다.

장기기증 등록을 한 뒤,

수혜자들에게 건강한 장기를 줄 수 있게

기왕이면 너무 오래 살지는 않았으면 좋겠다는 소망도 생겼다.

그러면서 죽음에 대한 두려움도 다소 가벼워졌다.

언제 어떻게 삶을 마감할지는 알 수 없지만
다만 최대한 깔끔하게 이 생을 끝내고 싶다.
그렇게 나의 죽음이 누군가에게 선물이 되기를,
충만한 기쁨이 되기를.

냉장고의 냉동실 쪽에서 물이 새어 나와 A/S 신청을 했다.

구입한 지 8년밖에 안 된 정품 냉장고이니

당연히 서비스가 될 줄 알았다.

그런데 A/S를 신청한 바로 다음 날 집으로 오신 기사님은

(우리나라의 장점. 다른 나라 같으면 A/S 신청 후

다음 날 기사님의 내방은 상상할 수도 없다)

냉장고를 점검한 뒤 아주 난처한 표정을 지으며 말했다.

"죄송합니다. 수리할 수 없는 공법으로 만든 냉장고라서

새로 구입하셔야 합니다."

"네? 이제 8년밖에 안 됐는데요?

아니, 어떻게 고칠 수 없는 공법으로 냉장고를 만들죠?

예전에는 그러지 않았잖아요.

한 번도 A/S 받지 않고 잘 사용했는데 폐기 처분해야 한다니요."

어떤 물건이든 기능이 다할 때까지
몇 번을 고쳐 쓰는 습관을 갖고 있었기에,
나는 이런 상황에 부아가 치밀어 올랐다.
하지만 기사님의 잘못은 아니지 않은가.
화를 추스르며 가능한 한 공손히 여쭤보니,
기사님께서 고칠 수 없는 이유를 소상히 설명해주셨다.

내가 대충 이해한 바로는,
예전처럼 용접하는 공법으로 제작되지 않고
통으로 만드는 공법으로 제작된 냉장고라서
해체가 불가능하다는 것이었다. 한마디로,
'쉽게 사고 대충 쓰다가 버리라는 거구나.
저 덩치 큰 냉장고가 또 지구 한 귀퉁이를
쓰레기로 채우겠구나.'
그렇다면 이제 어찌 해야 할까?
정말이지 과학기술의 발달이 전혀 반갑지 않았다.

나는 쓰레기에 민감하다.
깨끗한 것, 정리된 것 이상의 아름다움은 없다고 늘 생각한다.
이런 성향을 지닌 내가

매년 새로운 유행을 만드는 분야에 종사했으니
이런 모순이 또 어디 있을까.
나의 비극이 바로 여기에 있었던 것이다.

매 시즌마다 새로운 옷을 소개하는 선봉에 서 있었던
나의 과거에 대한 참회일까?
지금 나는 자연환경을 보호하며 살기 위해 애쓰고 있다.
옷뿐만 아니라 가구, 식기 등 많은 물건을
수명이 다할 때까지 알뜰하게 쓴다.
전자기기도 꼭 필요 불가결한 가전제품만을 사용한다.
내가 지구상에 왔다 갔다는 흔적을 가능한 한 남기지 않고
깔끔히 뒷정리를 다 끝내고 떠나려 노력한다.

결국 어쩔 수 없이 새 냉장고를 샀다.
그리곤 내가 앞으로 살아가면서
냉장고 몇 대를 더 사게 될지 계산해보았다.
언제까지 살지 모르는 일이니 그 답은 알 수 없지만
앞으로 10~20년 더 살게 된다면
냉장고 한두 대를 더 살 수밖에 없겠다.

오래전 20년 된 냉장고는 디자인이 투박해도
해체가 가능해서 고쳐가며 쓸 수 있었는데,

고작 8년 된 냉장고는 날렵한 디자인에도 불구하고
부품 해체가 되지 않아서 버려야 한다니!

기계의 수명은 짧아지고 인간의 수명은 늘어나니,
인간이 평생 사용할 가전제품의 수량은 더 많아지겠다.
그러면 쓰레기도 무더기로 양산되겠지.
의학기술이 발전할수록 인간의 수명은 늘어나는데,
어찌 과학기술이 이토록 발달해도
오히려 기계의 수명은 짧아지는 것일까?

태평양에는 우리나라 면적의 약 15배에 이르는 쓰레기 섬,
일명 '태평양 대쓰레기장Great Pacific Garbage Patch, GPGP'이
자리하고 있다고 한다.
전 세계 쓰레기가 몰려와 만들어진 거대한 섬이다.
이 쓰레기 섬의 약 80퍼센트 정도가
플라스틱으로 뒤덮여 있다는 사실을 알게 된 날,
플라스틱을 갉아 먹는 바다생물이 떠올라 잠을 설칠 정도였다.
커다란 덩치를 가진 쓰레기들이 차지할 땅과 바다…
지구의 미래가 염려스럽다.

언제부턴가 난데없이 '수저의 재질이 무엇인가'가 화제다.
부유한 집안에서 태어나서 금수저.
태어나고 보니 집안 형편이 어려워서
부모에게 도움받지 못하고 물려받을 재산도 없어서 흙수저.

미리 밝히자면 나는 수저계급론에 반대한다.
수저계급론은 부모의 재산으로 자식의 등급을 나눈다.
한 사람이 지닌 가능성, 열정, 성실… 이런 게 빠져 있다.

금수저와 흙수저 이야기를 듣다가
내가 평생 사용해본 수저를 떠올려봤다.
은수저… 써봤다.
하지만 쓰다가 닦는 것이 귀찮아서

디자인이 괜찮은 스테인리스 수저로 바꿨다.

최근에는 나무 수저를 쓰는데 대만족이다.
일단 가볍고 부드럽다.
뜨거운 국물을 뜰 때 적당히 온도를 낮춰준다.
흙을 뭉쳐서 수저를 만들 순 없으니,
붉은 진흙이나 고령토 등을 빚어서 구워낸 도자기 수저를
흙수저라 말할 수 있겠다.
도자기 수저가 얼마나 아름답고 쓰기가 편한데,
그렇다면 흙수저를 얕보면 안 되지.

수저계급론이 단순한 은유가 아니라는 사실을 알고는 있다.
다만, 수저 재질로 태생의 종류를 구분하고
각자가 가진 가능성을 무시하는 게 못마땅하여
살짝 비꼬고 싶어서 하는 말이다.

진정 재질로 따진다면
대 재벌가의 자제들은 금강석일 테고,
부모가 누군지 모르는 채 살아야 하는 운명을 쥐고
이 세상에 온 존재들,
아니, 내던져진 존재들은
그야말로 수저조차 없는 무無수저가 된다.

누구나 아는 것처럼

맨손으로 와서 맨손으로 가는 게 우리네 삶인데,

다이아몬드 수저를 쥐고 태어났어도

그 수저를 어떻게 사용하는지,

누구와 어떤 밥을 먹고 어떤 인생을 꾸려나갈지는

수저를 쥔 각자의 몫에 달렸다.

다이아몬드 수저를 내던지고

스스로 일찍 생을 마감하기도 하고,

무수저라도 양육자가 주는 사랑을 스펀지처럼 빨아들여

아이를 키우신 수녀님들, 사회복지사들이 베푸신

고귀한 헌신을 자양분 삼아

행복한 인생을 꾸려가는 사람도 많다.

25년간 보육기관에서 봉사를 하며 얻은 값진 교훈이다.

배운 점이 또 하나 있다.

다이아몬드 수저를 그냥 놓쳐버릴 수도 있고,

무수저를 금수저로 바꾸는 경우도 있다.

280일간의 태교, 생후 3년간 받은 사랑,

일곱 살까지의 따뜻한 경험에서 나오는 힘…

이런 요소들이 모여 처음 쥔 수저가 바뀔 수 있다.

부모든 대리 양육자든,
양육자에게서 받은 따뜻한 사랑과 경험이
평생을 지탱하는 힘이 되고
역경에 맞서 좌절하지 않고 일어서게 하는 자원이 된다.
소위 말하는, 좋은 집에서 좋은 음식을 먹으며 자라도
든든한 양육자와 따뜻한 사랑을 주고받지 못하면
회복탄력성이 고갈된다.

부모에게 버림받아 보육기관에서 자라도
든든한 양육자와 따뜻한 사랑을 주고받으면
스스로 금수저를 만들 수 있는 힘이 생긴다.
정서적인 보살핌과 배려가 이토록 중요하다.

풍성하지만 썰렁한 밥상에서
가사도우미가 차려주는 밥을 홀로 먹으며 자란 금수저.
소박하지만 따뜻한 밥상에서
하루 동안의 일을 도란도란 이야기하며 자란 흙수저.
어느 쪽이 회복탄력성이 강할지
묻지 않아도 우리는 알아차릴 수 있다.

어차피 부모는 내가 선택할 수 없다.
태어나고 보니 금수저이고 혹은 흙수저인 걸

나중에서야 알아차릴 뿐이다.

군이 등급을 나누어야 한다면

스스로 선택하지 못하는 지표가 아닌

스스로 선택하여 만들어진 지표로 개인을 평가하는 게 어떨까.

부모의 재산과 연소득에 따라 미래가 결정되는 것이 아닌

각자가 가진 열정과 가능성을 높이 사는

그런 이상적인 사회를 꿈꾼다면…

아직도 내가 순진한 건가?

며느리는 아들의 반려자일 뿐

오랜만에 밀라노에서 귀국했더니 동창 모임에서 나를 초대했다.
모임의 취지는 나의 근황이 궁금하다는 것.
하지만 내가 입을 뻥긋할 겨를도 없이
새로 며느리를 맞이한 동창이
모든 발언권을 쥐고 좌중을 휘어잡았다.

며느리의 가정환경, 사돈에 대한 평가,
폐백 절값. 이바지 음식의 종류, 마지막 코스인 예단까지…
열심히 자랑하는 그 동창의 이야기에서 멀어지고 싶어
귀를 막았다.

우리나라와 이탈리아는 문화 차이가 있지만
사람 사는 모습은 어디나 비슷하고

희로애락이라는 기본 정서 또한 비스름하다.
한데 두 나라의 결혼 문화는 확연히 다르다.

이탈리아의 시어머니들은 며느리를
아들의 반려자나 친구 같은 존재로 받아들인다.
이탈리아어에도 존칭이 있지만
우리나라처럼 시어머니에게 며느리가 극존칭을 쓰지 않는다.
물론 가정마다 문화 차이가 있고
심지어 며느리가 시어머니 이름을 부르는 경우도 있다.

이탈리아의 가정 문화는
남부와 북부 사이에 다소 차이가 있다.
남부가 북부보다 보수적인 편인 데다
고부간 갈등도 미미하게 있는 편이다.

내가 관찰한 바에 따르면
남편이 가부장적일수록 고부간 갈등이 심하다.
무뚝뚝하고 재미없는 남편과 잔정을 나누지 못하니
그 집착이 아들을 향하게 되고
종국엔 고부간 갈등이 생기는 게 아닐까.

이탈리아 남부는 지리적으로 아프리카와 가까워

가시 많은 선인장 등 열대식물이 많다.

그중 잔가시가 많은 선인장의 이름이

'시어머니의 쿠션Cuscino della suocera'*이다.

얼핏 부드러워 보여도 선인장 가시에 찔리면 얼마나 아픈가.

'시어머니의 심술은 하늘이 낸다'라는

우리나라 속담이 연상된다.

이탈리아 남부가 보수적인 편이어도

시부모님에게 이름을 부르고 반말을 하는 것은 똑같다.

어찌 시어머니의 이름을 부를 수 있냐고 조심스레 물었더니

친구가 말했다.

"시어머니가 이름을 불러달래. 친구처럼.

존댓말을 쓰지 말아달라고 부탁했어."

이탈리아의 부모는 어린 자식이 도움을 청하면

자기를 희생하며 헌신적으로 도와주지만,

자식이 성인이 되면 간섭하거나 훈계하지 않는다.

결혼해라, 손주 낳아라… 이런 이야기를 하지 않는다.

결혼도 자식 몫, 2세 계획도 자식 몫,

* 우리말로 금호선인장.

심지어 이혼도 자식 몫이다.
시어머니와 며느리는 가까운 관계지만 선을 넘지 않고,
가족 구성원이라도 적당한 간격을 유지한다.

합리적이고 대등한 이탈리아의 결혼 문화가
더 합리적이라고 생각하는 나는
시어머니라는 타이틀을 벼슬처럼 걸고
아들의 결혼을 장황하게 중계방송하는 동창이 낯설게 느껴졌다.
나에게도 두 아들이 있다.
나는 어떤 태도로 두 아들의 파트너를 대해야 할까.
스스로 마음을 바로잡는다.

결혼이란 봄꽃과 가을꽃의 만남

"명숙아. 미안하다."

"네? 갑자기 왜요?"

유럽 여행을 다녀오신 친정어머니가 느닷없이 사과를 하셨다.

"내가 진작 넓은 세상을 보고

새로운 물리를 깨우쳤다면

너에게 빨리 시집가라고 종주먹을 들이대지 않았을 텐데.

북유럽에 가보니 남녀가 결혼 전 동거부터 하더구나.

내가 북유럽에 태어난 요즘 젊은이라면

그렇게 한번 살아보고 싶구나.

살아보고 나서 이 사람과 평생 같이 살지 말지를

정할 수 있다면 얼마나 좋겠니."

"맞아요. '수프를 3일 동안 같이 먹어봐야

그 사람 속내를 알 수 있다'라는 이탈리아 속담도 있어요."
"그러게 말이다. 진작 알았다면 우리 딸 고생시키지 않고,
하고 싶은 공부, 하고 싶은 일…
실컷 하라고 말했을 텐데. 미안하구나."

내가 결혼하기 전, 혼자 유학을 떠난다고 했을 때 펄쩍 뛰시며
결혼을 종용하시던 친정어머니가
이렇게 갑자기 달라지신 모습이 신기했다.
돌이켜보면 당시 우리나라는 매우 보수적이었고
딸을 혼자 유학 보내는 것은 특별히 깨어 있어야
가능한 일이었다.

내가 대학을 다니던 1970년대에는
1학년은 금값, 2학년은 은값, 3학년은 동값이라 말하며
여대생의 가치를 광물에 비유하는
어처구니없는 천박한 풍조도 있었다.

우리나라 관습 중 가장 가속도가 붙으며 달라진 것이
결혼 풍속이다.
요즘 우리나라 젊은이들은 결혼에 목을 매지 않는다.
동거를 해본 뒤 결혼할 수 있다고 생각하거나,
결혼은 해도 좋고 하지 않아도 좋다고 답하는 이들도 꽤 많다.

나는 요즘 젊은이들 편이다.

변하는 시대에 맞춰 젊은이들의 생각을 존중한다.

여자는 밥을 짓고 빨래하고 집에서 살림하고

남자는 가계를 책임지고 밖에 나가서 일하던 시대는 지나갔다.

남자와 여자가 함께 살림하고 가사를 분담하는 것이

자연스러운 시대가 되었다.

여자도 남자도 모두 자신의 삶에 만족해야

인생의 동반자인 서로가 편해지는 것이 당연할 터이다.

가정 내에서의 남녀 역할,

그리고 사회에서의 남녀 역할을 재정립할 시기다.

결혼에 대한 관점을 생각해보게 만들었던 일화가 있다.

어느 날 이탈리아 친구가 이혼했다는 소식을 전해왔다.

20년 동안 동거하면서 동반자로 살다가 결혼을 했는데,

결혼한 지 3개월 만에 갈라섰다고 했다.

이탈리아 친구의 사정을 들어보니

백퍼센트 동의할 수는 없었지만

일견 수긍하게 되는 면도 있었다.

"동반자로 동거할 때는 내 남자하고만 살면 되잖아.

그런데 막상 결혼하니 양쪽 집안 대소사 등

신경 쓰이는 게 너무 많더라.

여자라는 이유로 짊어져야 할 역할이 너무 많아.
남편도 긴장이 풀어져 예전처럼 나를 배려하지 않아.
나는 그냥 한 남자의 여자이고 싶어.
시어머니의 며느리가 되어 긴장하며 사는 건 싫거든."

우리나라 남자들도 긴장할 때가 왔다.
남자들의 부모님도 마찬가지다.
여자들도, 여자의 부모님도 태도를 달리해야 한다.
사위를 백년손님이라 생각하여
극진히 대하는 풍습도 수정할 때가 온 것 같다.
며느리와 사위를 똑같은 사람으로 대해야 한다.

나는 동거를 장려하거나
각자도생으로 살자고 주장하고 싶은 게 아니다.
적당한 거리를 두는 것이 필요하다는 얘기다.
지나친 간섭은 갈등이 되기에
각자의 생활을 존중하고 배려하는 문화가 필요하다.
'나쁜 짝과 만나느니 혼자 사는 것이 낫다'라는
이탈리아 속담이 일견 일리가 있어 보인다.

대체 결혼이란 무엇일까?
남녀가 만나 희로애락을 같이 하겠다는 약속 아닌가?

서로 사랑해서 만나면 몰라도
주위의 눈치와 성화에 할 수 없이 하는 결혼이라면
나는 말리고 싶다.
봄에 피는 꽃, 여름에 피는 꽃, 가을에 피는 꽃이 다 다르듯이
우리 각자도 꽃피는 계절이 다르다.
추운 계절에 피는 매화나 백목련을 보고
더운 계절에 꽃을 피우라고 할 수 없다.
더운 계절에 피는 글라디올러스나 봉선화를 보고
추운 계절에 꽃을 피우라고 할 수 없다.
이렇듯이 누구의 강요가 아닌 각자의 본성대로
자연스럽게 끌리는 상대를 만나
가정을 꾸리는 것이 가장 이상적이다.

결혼은 '결혼 적령기'라는 특정 숫자에 쫓기며 하는 게 아니다.
결혼은 정해진 시기에 얽매여 하는 게 아니라,
가슴이 정하는 대로 움직이는 것이다.
그래야 오래 행복할 수 있지 않을까?

'그게 뭐 어때서'의 자세로

가끔 자녀를 둔 부모님들이 묻는다.

"우리 아이를 패션 디자이너로 키우려면 어떻게 해야 하나요?"

그때 질문을 던진 부모님들의 인상이 다소 엄격해보이면

내가 꼭 하는 질문이 있다.

"자식, 엄하게 키우셨어요?

부모님 말씀 잘 들어요? 모범생이에요?"

"아주 모범생이에요"라고 답하시는 분께는

아이를 다른 길로 인도하라고 권해드린다.

그런 아이가 패션계에서 일하고 싶어 한다면

패션MD나 기획 파트에서 일하는 방향이 어떠냐고

넌지시 조언을 드린다.

이렇게 이야기하면

왜 모범생은 패션 디자이너가 되기 힘든지 이유를 물어보신다.
그러면 나는 솔직하게 답한다.
"정해진 규칙만을 따르고, 부모님 말씀만 잘 듣는 모범생에게서
기발한 아이디어를 기대하기 힘듭니다.
교복 같은 옷만 나와요.
남이 가지 않은 길, 남이 하지 않는 생각을 해서
끊임없이 새로운 옷을 만들어내야 하는 직업입니다.
그런데 어려서부터 엄하게 키우셨으면
패션계에 들어가서 디자이너로 일할 때
엄청난 내적 갈등을 겪게 될 겁니다.
자기 틀을 깨고 나오기가 쉽지 않을 테니까요.
기존의 것, 정해진 프레임을 벗어나고자 하는
반항아적인 기질을 가진 사람이
능력 있는 디자이너가 될 확률이 높습니다."

부모님들이 예술에 조예가 있는 듯하면
미술가를 예로 들어 설명해드린다.
"달리, 뭉크, 르네 마그리트 같은 작가의 원동력은
남다른 상처에서 나오는 것이었지요.
누군가는 그 원동력을
광기의 끼, 광기의 감수성이라고 하지만요.
어찌 보면 억눌리고 결핍된 분노에서 폭발한

활화산 같은 에너지가
창의적인 디자이너를 만드는 요인일지도 모릅니다."

유럽의 패션계는 어떤지 질문을 받으면 사실 더 난감해진다.
담담하고 건조하고 객관적으로
있는 그대로의 현실을 말씀드린다.
"우리가 상상하는 것 이상으로 생존 경쟁이 심한 세계예요.
모든 일이 다 그렇겠지만 말이죠.
창의성이 탁월해야 하는 건 기본이고, 체력도 뛰어나야 해요.
유럽이든 우리나라든 패션계에서 일하려면요.
눈치도 빨라야 하고, 인내심도 강해야 하고,
자존감이 충만해야 하고, 게다가…
동료의 성 정체성에 대해서도 개방적이어야 합니다."

21세기를 사는 부모님들은
패션계의 흐름을 어느 정도 파악하는 분들이 많아
에둘러 궁금증을 털어놓으신다.
"동료의 성 정체성에 대해 개방적이어야 한다는 말씀은?"
나는 미화하지 않고 솔직하게 답한다.
"동성애자들이 많습니다. 그런데 그게 중요한가요?"
부모님들은 호기심 반, 경계심 반이 섞인 표정으로 묻는다.
"그런 분들이 그렇게 많나요?"

나는 거르지 않고 말한다.

"유럽에서는 디자이너들의 성 정체성을 문제 삼지 않습니다.
그들이 만들어내는 패션쇼의 내용이 중요하지요.
있는 그대로를 받아들여주는 톨레랑스tolérance의 세계가
바로 유럽 패션계입니다.
하지만 성 정체성보다 더 중요한 건,
극도로 긴장된 세계에서 멘탈을 지키는 거지요."

이야기가 끝날 무렵 부모님들의 호기심은 한 마디로 축약된다.
"그럼, 선생님도 그런 친구들이 많으세요?"
이 질문까지 오면 대화가 거의 끝나간다는 신호다.
"그럼요. 그들의 성 정체성이 내 삶과 무슨 상관이 있나요?"

나는 가깝게 지내는 성 소수자 친구들의 이야기를 들려준다.
그 이야기를 듣고 성 소수자에 대해 이해하게 된다거나
편견이 얼마만큼 깨질지는 모르지만,
어떻게 생각하는지는 그들의 몫이고
나는 내가 느낀 몫을 이야기할 뿐이다.

내 주위에는 동성애자 지인들이 많다.
나는 그들의 삶의 무게를 이해한다.
아니, 이해하려고 노력한다.

벗으로서 의리를 지켜주어야 친구 자격이 있는 것 아닌가.

이탈리아도 원래 성 소수자에게 관대한 나라가 아니었다.
〈카루소caruso〉를 작곡한 싱어송라이터 루치오 달라도
성 정체성을 숨기다가 커밍아웃했을 때 비난을 받았다.
이탈리아는 보수적인 사회였지만
시간이 흐르면서 톨레랑스의 정신을 되새기며
평화롭게 공존하는 패러다임으로 점차 바뀌고 있다.

동성애자 친구들과 가까이 지내다 보니 알게 된 것이 있다.
그들도 평범한 사람이라는 점.
하나같이 따뜻하고 순수한 성품을 지녀서
애초의 작은 편견도 스멀스멀 사라지게 만드는 사람들이다.
그들은 자신에게 솔직하기에 온갖 편견을 무릅쓰고
동성애자라는 쉽지 않은 길을 택한 것이 아닐까…
그런 추측 아닌 추측을 해본다.

내가 인상 깊게 본 영화 중 하나가
몇 년 전 국내에서 상영한
〈보헤미안 랩소디Bohemian Rhapsody〉이다.
록 밴드 '퀸'의 리드싱어였던
프레디 머큐리의 음악 여정을 담은 이 영화에서

프레디 머큐리의 어머니가 했던 말이 떠오른다.
그 어머니는 전화로 자신의 성 정체성을 고백하는
아들 프레디의 말을 듣고 잠시 침묵한 뒤 이렇게 대답한다.
"사회의 편견과 맞서야 하는 어려운 선택"이 될 거라고.

프란치스코 교황께서도 말씀하셨다.
"동성애자들이 성 소수자라는 이유로
비참하게 되어서는 안 됩니다.
이성애자인데 나쁜 일만 일삼는 사람,
동성애자이지만 좋은 일만 하는 사람,
하느님이 둘 중 누구의 편을 들어주실지는 나도 모릅니다."

다만 타고난 재주와 열의의 근원을
한 마디로 설명하기 힘든 복잡미묘함이
다소 곤혹스러울 뿐이다.
나는 모든 이가 평화롭게 공존하는 유토피아를 꿈꾼다.

무엇이 더
중한데?

조남주 작가의 《82년생 김지영》이라는 소설을 읽었다.
이탈리아 일간지에도
'맘충'*이라는 단어와 함께 소개됐던 문제작이다.
우연히 동명의 소설을 원작으로 하는 영화도 보았다.
'82년생 김지영'과 '52년생 장명숙'의 삶이 계속 오버랩되어
몰입하기가 어려울 정도였다.

나는 결혼 후 이듬해 첫아들을 낳았다.
첫아들의 돌이 지난 뒤 용기 내어 대학원 진학을 감행했고,
대학원 재학 중, 당시 대학에서 교편을 잡고 있던 남편과 함께

---

* 엄마를 뜻하는 '맘mom'과 '벌레 충蟲'의 합성어로, 자기 아이만 감싸는 일부
    엄마에게 이기적이라고 비난하며 쓰는 멸칭. 아이를 키우는 일을 전적으로
    엄마 몫으로 여겨지게 만드는 성차별적 언어로, 표현의 개선이 필요하다.

이탈리아 유학을 떠났다.
여러 가지 장애물을 걷어가며 유학 생활을 했지만
그때 일생일대의 가장 큰 실수도 저질렀다.

당시 우리나라는 지금과 달라
해외 유학이란 것 자체가 드물었고
해외 유학을 가려면 국가고시를 패스해야만 했다.
더구나 1978년 이전에는
부부가 동시에 해외로 출국하는 것이 금지되어 있었다.

국가고시를 패스한 어느 한쪽이 먼저 출국을 하고
다른 배우자는 6개월이 지나서야 따라 나갈 수 있었다.
가장 큰 문제는 유학 갈 때
자식을 데리고 함께 나가지를 못한다는 점이다.
온 가족이 해외로 가면 경비도 많이 들거니와
다시 모국으로 돌아오지 않을 수도 있다는 이유였다.

평생 꿈이었던 유학을 포기할 수는 없고,
그렇다고 어린 나이에 엄마가 됐으니
자식을 떼어놓고 떠날 수도 없고…
걱정이 이만저만이 아니었다.
궁여지책으로 소아심리를 전문으로 상담하시는

이해하고 안아주는 사람이 되어볼 것

어느 소아과 선생님을 찾아갔다.

내 고민을 한참 들으신 선생님은 이렇게 조언하셨다.

"그동안 2년 5개월까지 모유를 먹이며 키웠고

엄마와 떨어져 있어도

정해진 양육자로부터 정을 듬뿍 받는다면

아이가 크게 영향받지는 않을 거예요."

결국 나는 눈물을 머금고

자식을 부모님께 맡기고 유학길에 올랐다.

이탈리아 유학 생활 초반은 마냥 좋지는 않았다.

엄마와 떨어져 지내야 하는 아이에 대한 안쓰러움,

내 자식을 맡아 키워주고 있는 부모님에 대한 죄송스러움에

서울로 가는 꿈을 자주 꾸었다.

이탈리아의 젊은 여성 대부분이 맞벌이하며 사회생활을 하는데,

그녀들은 대부분 시댁이나 친정댁과 가까이 살면서

도움을 받으며, 육아와 직업을 병행한다.

다른 엄마들이 일을 하면서도 자신의 어린 생명에게

관심을 쏟는 모습을 보고 나는 깊이 번민할 수밖에 없었다.

'너무 아깝긴 하지만 여기서 공부를 포기할까?

그냥 우리나라로 돌아갈까?'

내 아이 또래쯤 되어 보이는 아기들만 봐도

눈물이 주르륵 흘렀다.

그때는 지금처럼 통신이 자유롭지 않던 시절이라
친정부모님이 보내주시던 편지로 자식에 대한 그리움을 달랬다.

그런데 '궁즉통窮則通' 곧 '궁하면 즉 통한다'라고 했던가.
남편의 지인이 이탈리아의 외교관으로 근무 중이었는데
내 사연을 듣더니 외교부에 탄원서를 넣어보라고 하였다.

그 말을 듣자마자 나는 곧바로 탄원서를 넣었다.
'절대로 제3세계의 꼬임에 넘어가지 않을 것이며
공부가 끝나면 조국으로 꼭 돌아갈 것입니다.
(남한과 북한이 대치하고 있었던 데다
동백림사건 같은 일도 있었기에)
생활비도 초과해서 송금하지 않을 터이니
아들을 한국에서 이탈리아로 데려올 수 있게 해주십시오.'

지성이면 감천이라고, 외교부에서 반가운 회신을 보냈다.
이탈리아의 현지인이 큰아들의 재정보증인을 해주면
큰아들을 이탈리아로 데려올 수 있다는 회신이었다.
평소 친하게 지내던 이탈리아 친구가 재정보증인이 되어주었고,
그렇게 1년 만에 무사히 큰아들을
이탈리아로 데려올 수 있었다.

희한한 일은, 큰아들과 함께 지내기 시작하니
더 이상 서울로 돌아가는 꿈을 꾸지 않게 되었다.

어린 자식과 멀리 떨어져 살고,
아이 양육을 나이 든 부모에게 맡기는
일생일대의 실수를 저지른 뒤, 배운 것이 있다.
본인이 해야 할 역할과 몫은 본인이 해야 한다는 것.
타인에게 미루거나 내려놓을 수 없는 책임이 있다는 것.
지금도 수녀님들과 보육기관에 있는 천사들을 보러 갈 때면
어린 나이에 엄마와 1년을 떨어져 있었던
큰아들에 대한 미안함이 올라온다.

사회에는 각종 제도와 시험이 있다.
그런데 왜 부부가 되는 시험, 부모가 되는 시험은 없을까?
그런 시험이 있었다면 나는 당연히 떨어졌겠지.

기회가 있을 때마다 워킹맘들이나 후배들에게 당부한다.
"양육에도 때가 있어요. 때를 놓치면 회복이 힘들어요.
물론 커리어도 중요하지요.
하지만 이 세상에서 가장 가치 있고 소중한 역할 중 하나가
좋은 부모가 되는 거예요.
삶의 우선순위를 알고, 삶의 본질에 파고드세요."

이탈리아의 철학자이자 소설가인 움베르토 에코가
생전에 한 말이 있다.
'인간이 죽음을 뛰어넘는 일에는 두 가지가 있다.
하나는 좋은 글을 남기는 것이고
또 하나는 좋은 자식을 남기는 것이다.'

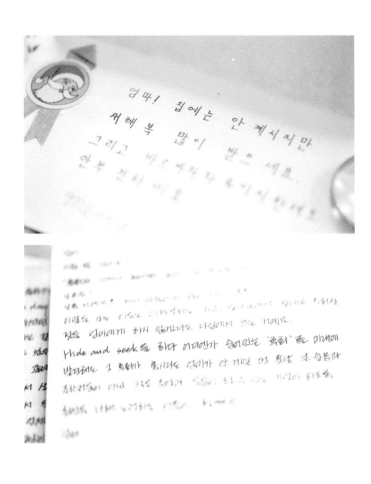

엄마! 집에는 안 계시지만
새해복 많이 받으세요.
그리고 바르비하라...
안부 전화 해요

세계 여성의 날을
맞아 생각한다

세계 여성의 날을 기념해
한 캐주얼 브랜드의 매거진과 인터뷰를 했다.
인터뷰에서 기자는 세계 여성의 날을 기념하는 것이
왜 중요한지를 물어왔다.
"억압에 맞서 싸운 여성들의 역사가 있었기에
오늘날의 여성들이 존재할 수 있었죠"라고 말문을 열었다.

최근 우리나라 여성들이 다양한 방식으로
제 목소리를 내고 있다.
세계 여성의 날을 기념하는 방식도 다양해지고 있다.
하지만 여전히 시민단체, 여성단체, 노동자단체를 중심으로
성명 발표와 일시적인 캠페인을 벌이는 정도라서 안타깝다.

이탈리아에서는 세계 여성의 날을 특별하게 기념한다.
남자들이 주변 여성들에게 노란 미모사 꽃다발을 선물한다.
처음 이탈리아에서 세계 여성의 날을 맞이했을 때
이방인인 나는 그런 특별한 행동들이
로맨틱해 보이면서도 무척 낯설었고,
한편으론 왜 이렇게까지 하는지
유난스러워 보이기도 했다.

사실, 처음 미모사 꽃다발을 선물 받았을 때는
아름답고 화사한 노란 꽃이 눈에 띄어 반가웠다.
남자들이 세계 여성의 날을 존중하는 제스처를 보이며
따스한 웃음을 머금고 꽃다발을 선물하는 모습에
감격하기도 했다.

그러나 세계 여성의 날이 제정된 이유와
미모사의 꽃말을 알고 나서 생각이 바뀌었다.
우씨! 진작 알았으면 가장 멋진 방법으로 거절했을 텐데…
미모사는 만지면 움츠러드는 식물이다.
그래서 꽃말도 '민감, 예민, 섬세, 부끄러움' 등이다.
미모사 꽃은 건들면 금방 시드는 걸로 알려져 있는데,
이런 면이 마치 여자 같아서 미모사 꽃을 선물한다나?

갑자기 받게 된 그 꽃다발을 준 상대의 얼굴에…

(아니, 차마 그럴 수는 없고)

꽃다발을 건네준 그 손에 다시 돌려주고 싶었다.

'내가 완력으로는 당신한테 질지 몰라도,

정신적으로 영적으로는 절대 미모사 꽃과 같지 않으니

도로 가지고 가세요.'

이런 말을 건네며 말이다.

1857년 3월 8일 의류 및 섬유 산업에 종사하던

뉴욕의 여성 노동자들은 여성이자 노동자로서 겪는

다양한 차별을 호소하기 위해 노동조합을 결성했다.

그 후 50년이 지난 1908년에

1만 5천여 명의 여성들이 뉴욕 거리로 나와

정당한 임금과 참정권 보장을 위한 시위를 벌였다.

그리고 외쳤다.

"여성에게 빵과 장미를!"

빵은 생계를 위해 일할 권리를 상징하고,

장미는 여성의 참정권과 인권을 가리킨다.

이 시위를 계기로 이듬해인 1909년 2월 28일,

미국 전역에서 '전국 여성의 날'을 선포하였다.

미국에서의 집회가 이목을 끌면서 이는 국제적 연대로 이어졌다.

1910년 8월 덴마크 코펜하겐에서
제2차 국제여성노동자대회가 열렸는데
이날 독일의 여성운동가 클라라 제트킨이
여성의 날을 국제적인 기념일로 만들어야 한다고 제안했다.

이듬해 1911년 3월 8일 세계 각지에서
여성의 참정권과 노동권 보장, 차별 철폐를 외치며
세계 여성의 날 집회 및 행사가 열리게 된다.
이 행사의 여운이 가시기도 전, 한 달도 채 되지 않아
뉴욕 트라이앵글 셔츠웨이스트 공장에서 대형 화재가 발생했다.
무엇보다 사망자 대부분이 여성이란 소식이 전해지자
여성 노동자들의 인권에 대한 관심은 더욱 커졌다.

이후 여러 해 동안의 우여곡절 끝에
유엔은 1975년을 세계 여성의 해로 지정했고,
1977년 3월 8일, 이 날을 세계 여성의 날로 제정했으니
세계 여성의 날이 공식 지정되기까지
긴 세월이 걸린 것이다.

세계 여성의 날이 매년 열리지만
아직까지 심각한 피해를 입는 여성들은 여전히 존재한다.
신사의 나라라 불리는 영국에서도

남성의 폭력으로 인해 목숨을 잃은 여성이
지난 10년간 2,075명이나 되었다고 한다.
파스타가 너무 뜨겁다는 이유로 부부싸움을 시작해
결국 부인을 살해했다는 이탈리아 뉴스도 있었다.
저간의 사연이야 자세히 알 수 없지만
사람이 사람의 목숨을,
그것도 남편이 아내의 목숨을 앗아가다니!
매 맞고 죽어간 여인을 생각하니 소름이 끼쳤다.

'칠거지악'*
'여자와 북어는 3일에 한 번씩 패야 한다.'
'처갓집과 뒷간은 멀수록 좋다.'
'딸은 말馬 매는 집에 보내고,
며느리는 참빗만 꽂고 오는 집에서 맞아들인다.'

여자, 딸, 며느리 등을 우습게 일컫는 말,
남존여비男尊女卑 사상의 극치인 속담,
여자의 역할과 능력을 한정 짓는 용어가 얼마나 많은가.

* 　七去之惡, 조선시대 유교사상에서 나온 악법으로서, 아내를 내쫓을 수 있는
　　일곱 가지 이유, 즉 시부모님에게 순종하지 않음, 자식을 낳지 못함, 행실이
　　부정하고 음탕함, 질투를 함, 전염병이나 불치병 등 나쁜 병이 있음, 말이 많
　　고 구설수에 오르내림, 도둑질 등을 가리킨다.

동남아시아에서 우리나라로 온 여자, 며느리, 아내.
그녀들의 고달픈 이야기에 우리는 어떤 태도를 보이고 있는가.

지금 여성들은 예전보다는 나은 세상을 살지만
여전히 불평등한 일을 겪는다.
아직 세계 여성의 날을
완전히 축하할 때는 아닌 것 같다.
갈 길이 멀다.

여성과 남성은 성 정체성만 다르지, 권리도 의무도 똑같다.
세계 남성의 날은 유엔이 지정한 공식 기념일이 아닌데
세계 여성의 날은 유엔이 지정한 공식 기념일이다.
왜 남성의 날은 제대로 기념하지 않는가?
'유리천장'이란 말은 언제까지 유효할까?
남녀가 동등하고 평화롭게 사는 날이 왔으면 좋겠다.

명절은 누군가에게는 축제이지만
또 다른 누군가에게는 노동의 날이다.
근로 상황을 개선하고 연대 의식을 다지기 위한 날이 아니라
며느리들의 희생을 요구하는 날이다.

명절만 되면 며느리들은 명절 증후군을 앓는다.
미국에서도 '홀리데이 블루스holiday blues'라 하여
명절 스트레스를 겪는다.
문제는 명절 준비를 오로지 며느리들이 도맡아 한다는 것.
나 또한 결혼 후 처음 맞는 명절에 느꼈던 부당함을 잊지 못한다.
결혼을 하고 얼마 지나지 않아 수태를 한 나는
입덧이 심해 음식 냄새도 제대로 맡기 힘들었지만
부엌에 들어가 참고 참으며 음식을 만들었다.

시어머니가 그러시는 건 수긍할 수 있었지만
같은 또래인 시누이들이 시어머니 곁에 가만히 앉아
대접을 받는 모습은 정말 이해할 수 없었다.
새 며느리, 혹은 임산부를 대우해주는 건 바라지도 않았다.
다만 왜 며느리만 땀 흘리며 일을 해야 하는가,
이 부당함에 항거하고 싶었다.
'그 당시에는 다 그랬어'라고 말할 수 있는 부분은 아니다.
그 당시에도 '그러면 안 되는 거였어'라고 말하고 싶다.

그때의 부당함이 반면교사가 되었다.
그때 나는 내 자신이 시누나 손위 동서가 되면
가만히 앉아만 있지 않겠다고 다짐했다.
그래서인지 이후 '쿨한' 관계를 유지하기 위해 노력한다.
(내 올케나 아래 동서에게 내가 어땠는지 물어보면 뭐라고 할까?
이렇게 묻는 것도 부담이겠지만 말이다)

명절 때 겪은 부당함에 분노가 턱에 닿을 때쯤
이탈리아로 유학을 떠났다.
우리나라에서의 며느리 역할은 잠시 휴직이니
이탈리아의 명절 관습은 어떤지 관찰하고 동참해보았다.

유학 생활 첫해,

동네 지인이 여는 송년 파티에 초대를 받았다.

파티가 시작되는 시간은 저녁 여덟 시.

파티 장소는 어느 집.

가장 신선했던 건 '포트럭 파티pot-luck party'였다.

초대받은 사람들이 각자 집에서

한두 가지 종류의 요리들을 만들어 가져왔다.

각자 준비해온 음식들을 큰 테이블에 쭉 펼쳐놓고

풍성한 파티를 하는 이 문화가 너무나 새로웠다.

지금은 포트럭 파티라는 말이 널리 퍼졌지만

당시만 해도 처음 듣는 낯선 단어였다.

며느리가 음식을 도맡아 하는 우리나라의 명절과 달리

각자가 자신 있게 만들 수 있거나 좋아하는 음식을

함께 모여 나눠 먹는다는 점이 참 좋았다.

더구나 한 해의 마지막 날 친구들과 파티라니…

서울에선 모든 며느리들이

시댁에서 음식 장만하기에 바쁠텐데…

먹고 마시고 춤추고 장기자랑까지 하다 보니 새벽이 되었다.

일찍 자고 일찍 일어나서

차례 지낼 준비를 하고 떡국을 끓일 시간에

이탈리아 사람들은 잠자리에 들었다.

그래서인지 정초 이탈리아의 아침 거리 풍경은
한산하기 그지없다.
모두 늦게까지 먹고 마시고 즐기다 잠자리에 들었으니
정오쯤 되어서야 인기척이 들렸다.

이탈리아의 풍속은
성탄절과 부활절에는 가족과 함께,
송년회에는 벗들과 함께하고
가족 모임의 식사 준비는 어느 한 명이 하지 않는다.
집집마다 도시마다
각기 다른 생활 방식에 맞는 전통이 있지만
어느 집도 며느리 혼자 음식을 준비하지 않는다.

시댁이 규모가 커서 그 집에서 모이기로 하면
가족 구성원 각자가 자기가 가장 잘 하는 음식을 가져와서
함께 차려서 먹고 함께 치운다.
남녀노소 구분 없이 각자 형편껏 자기 역할을 한다.
이를테면 남편과 아내가 상을 차리면
아이들이 음식을 나르고
어르신들은 와인을 마실 수 있게 준비하는 식이다.

이탈리아 사람들은 차례나 제사를 지내는 대신

성당에 가서 추모 미사를 드린다.

추모 미사만 드리고 헤어지는 것이 섭섭하거나

조금 더 격식을 차리고 싶다면

고인과 가장 가까웠던 사람이

고인이 생전에 좋아하셨던 음식을 준비해서

추모 미사에 참여한 사람들을 초대하거나

가까운 레스토랑으로 가서 고인을 추모하는 모임을 갖는다.

그리고 식사를 하면서 고인에 대한 추억을 나눈다.

이탈리아와 유럽의 명절 문화에서 보고 배울 점이 있다.

시부모의 집에서 며느리는 손님,

아들 며느리의 집에서 시부모는 역시 손님,

서로 가벼운 일손은 거들어주지만

자신의 집에 오면 모두 손님 대접을 하는 문화인 것이다.

며느리가 앞치마를 두르고 부엌부터 들어갈 일이 없으니

갈등이 일어날 확률도 줄어든다.

이런 분위기에서 명절 증후군 같은 것이 있을 리가 없다.

심지어 시아버지가 음식을 직접 만들어

온 가족을 즐겁게 해주는 집도 보았다.

이 광경에 놀라 입을 벌린 내 모습을 보고

나의 이탈리아 친구는 웃으며 말했다.

"우리 시아버지의 취미가 요리거든."

늘 이런 생각을 한다.
제사를 지내고 싶은 마음이 있다면 제사를 지내면 된다.
하지만 그것이 여의치 않다면
고인을 진심으로 추모할 수 있는 다른 방식을 택하면 어떨까.
조상님들도 억지로 대접을 받는 것보다
진심으로 그리워해주는 것을 더 좋아하시지 않을까.

해마다 명절이 지나면 이혼율이 늘어난다고 한다.
각자 어느 정도의 음식을 만들어 와서 함께 모여
나눠 먹어야 한다는 법령이라도 있었으면 하는 생각마저 든다.
부부의 갈등을 줄이고 이혼도 방지할 수 있는 방법이 없을까?
부디 명절이 기다려지는 날이 되기를 바란다.
모두가 즐거워하는 축제의 날!

정책입안자
분들께

어릴 적 기억이지만, 초등학교 3학년일 때 신문을 읽다가
'강도살인사건强盜殺人事件'이라는 헤드라인을 보았다.
살인사건이라는 단어가 한자로 쓰여 있어서
어른들께 그 뜻을 여쭤보니 "사람을 죽이는 것"이라고 하셨다.
그 말을 듣고 며칠 동안 무서워서 잠을 설치고
머리끝까지 이불을 끌어올렸던 기억이 생생하다.
난생처음으로 모골이 송연했다.

많지 않은 돈을 빼앗기 위해 사람을 죽였다는 기사를 보고
어른들은 혀를 차며 말씀하셨다.
"말세다. 어쩌자고 인두겁을 쓰고
인간이 악마같이 그런 일을 저지를 수 있는지.
사람 나고 돈 났지, 돈 나고 사람 난 게 아닌데…"

그러면서 이런 말씀을 덧붙이셨다.

"사람이 사람 노릇을 제대로 하는 세상이 되어야 한다."

그때 생각했다.

'사람 노릇'이 무엇일까.

도저히 해서는 안 되는 행동을 하는, 인간 같지 않은 인간을

'인두겁을 쓴 악마'라고 옛 어른들은 말씀하셨다.

어린 시절 '인두겁'이라는 단어를 처음 들었을 때

이해가 되지 않아서 할머니에게 여쭤보니,

"지옥에 사는 악귀가 사람의 탈을 쓴 것"이란 뜻이라고

설명해주셨다.

최근 나를 슬픔의 구렁텅이에 빠뜨린 사건이 있다.

전 국민이 분노한 정인이 사건이다.

정인이의 양모는 자신도 딸을 직접 낳은 엄마이다.

여자가 자식을 낳으면 옥시토신이 분비되어

남의 자식에게도 더 깊은 측은지심이 생긴다던데,

어찌 인두겁을 쓰고 그토록 사악한 일을 저질렀을까.

뉴스에서 본 정인이의 마지막 얼굴이 잊히지 않는다.

유달리 영리해보인 그 어린 영혼은 겁에 잔뜩 질린 얼굴이었다.

사망 전 어린이집 CCTV에 포착된 정인이의 모습은

문 쪽을 바라볼 뿐 멍하니 움직임이 없었다.
'왜 내게 이렇게까지 하는데요'라고 묻는 듯
처연한 표정이었다.

그 물음의 대상은 자기를 학대한 양모일 수도 있고
자기를 버린 친부모일 수도 있고
이 사회를 향한 것일 수도 있다.
아니, 이 사회에 속한 나를 향한 것일 수도 있다.
그 처연하고 맑은 아이의 모습이 눈에 밟혀
가슴에 손을 얹고 간절히 기도를 올렸다.
"그래, 예쁜 아가야. 어른이라, 미안하다. 참으로 미안하다."

태어난 지 18개월 만에 떠난 정인이는
얼마나 아프고 힘들었을까?
내가 어떤 말로 위로를 해줄 수 있을까?
동시대를 사는 어른들이 잘 살펴주지 못해서
미안하고 또 미안할 뿐이다.

정인이가 세상을 떠나고 그 아픔이 여전한 가운데,
구미시 한 빌라에서 세 살 여아가 미라 상태로 발견되었다.
'제2의 정인이 사건'이라 불리는 뉴스를 연일 접하며
또 가슴이 먹먹해졌다.

이 사건뿐만이 아니다.

아홉 살짜리 의붓아들을 여행 가방에 넣고

그 위에서 뛰다가

더운 바람을 불어넣어 아들을 죽인 계모,

아홉 살짜리 여아를 불에 달군 쇠젓가락으로 지진 계부와 친모,

"울어서 던졌을 뿐"이라고 말하는 친부,

차마 입에 담지 못하는 일들을 저지른 사람들을 대하면

한숨과 통탄, 그 이상의 감정이 올라온다.

얼마 전 고독사로 세상을 떠난 젊은이의 사연을 읽었다.

보육원에서 성장해 만 열여덟 살에 보육원 밖으로 떠밀려 나간

햇순 같은 청년이었다.

스스로 삶을 마감했으나

애도해주는 이가 아무도 없다는 내용이었다.

정인이도, 미라가 된 어린 생명도,

해외로 입양 가는 어린 새싹들도

모두 자기 목소리를 크게 낼 수 없는 존재들이다.

아니, 목소리를 크게 내는 방법을 모르는

우리 사회의 약자들이다.

이 어리고 약한 존재들이

저항 한번 해보지 못하고 떠났다고 생각하니,

분노가 쉬이 사그라들지를 않는다.

언론에서 이런 사회 문제를 다룰 때마다
정책입안자 분들은 앵무새처럼 같은 말을 반복한다.
"입법이 국회를 통과하지 못했다."
"예산이 부족하다."
"검토하고 있다."
"공청회를 열어 단계적으로 해결책을 찾겠다."
이런 말을 들으면 또다시 화가 치밀어 오른다.

정말 중요하고도 꼭 필요한 예산이 무얼까?
이 땅에 태어난 생명을 지켜주는 게 국가의 책무 아닌가?
태어난 생명을 보호하는 데 예산을 우선 쓰면 안 되는 것인가?
연말마다 지자체 예산을 다 쓰기 위해
아직 쓸 만한 도로를 뒤집고 공사하는 비용으로
몇백 명의 아이를 살릴 수 있지 않을까?

정책입안자 분들에게 소리치고 싶다.
아니, 읍소하고 싶다.
'당장 중요한 데 쓰라고 국민이 세금을 내는 겁니다.
아기들이 해외에 입양되었을 때
그 땅에서 받을 냉대와 소외감을 헤아려보신 적 있나요?

진정한 복지국가의 역할이 뭔가요?

이 땅에서 가족의 생계를 위해

목숨을 담보로 거리를 달리는 배달원들,

끼니를 제때 먹지 못하는 택배기사님들 중

몇 분이 하늘로 떠나셨는지 아시나요?

안전 장비를 제대로 갖추지 못해서

죽어가는 이 땅의 가장들, 청년들이 보이시나요?

그들의 피땀 어린 호소가 들리지 않으세요?

가족 한 명이 희생되면

그의 가족들은 그때부터 스산한 삶을 살게 됩니다.

희생된 가장들의 어린 자식들이 살아내야 할 생이

저는 눈에 밟힙니다.'

서당 개 삼 년이면 풍월을 읊는다고 했다.

사회복지기관을 들락거린 지 30년 가까이 되니

정권이 바뀌어 새로운 사업을 집행할 때마다

고무줄처럼 늘였다 줄였다 하는 게 복지 예산이라는 걸 안다.

우리나라에서 태어난 모든 국민이 안전한 나라,

언제쯤 이루어질까?

격앙된 감정을 다스리고

나를 기다려주는 보육기관에 다녀와야겠다.

내가 할 수 있는 일을 찾아서
열심히 실행하는 것.
내가 할 수 있는 일은 고작 요것뿐.
그래서 서글프지만, 우두커니 바라보는 것보단 낫겠지.

어느 성녀의 글귀를 되뇌어본다.
'한 영혼은 우주보다 고귀합니다.'

2011년 10월의 마지막 날
이탈리아에서 한국으로 돌아왔다.
집에 들어와 캐리어를 내려놓고 여독을 풀려는 순간
갑자기 걸려온 전화 한 통을 받았다.
평소에 자주 찾아뵙는 그룹홈의 리더로 계신
한 수녀님의 전화였다.
"안젤라 자매님, 12월 중순에 저랑 아프리카 가지 않으실래요?
어느 사진작가가 저랑 떠나려고 비행기 티켓을 예매했는데
사정이 생겨서 같이 못 가게 되었어요.
2주 동안 같이 다녀오실 수 있나요?"

수녀님의 전화를 받고 동거인들의 반응이 신경 쓰여서
"이제 막 3개월 만에 밀라노에서 돌아왔는데 어쩌죠?"

하고 말하다가 즉시 말을 바꿨다.
"네, 수녀님. 꼭 함께 갈게요."

'아프리카'라는 말을 듣는 순간 온몸에 전율이 흘렀다.
어릴 때 세계 일주 여행기를 찾아 읽으며
언젠가 아프리카에 꼭 가보고야 말겠다고 생각해왔기 때문이다.
또 밀라노를 떠나기 며칠 전,
네다섯 살쯤으로 보이는 어린 여자아이가
맨발로 머리에 커다란 플라스틱 통을 이고
물을 길러 가는 광경을 뉴스에서 보았다.
보통은 한두 시간, 길게는 서너 시간을 걸어
물을 길러 간다는 사실에 충격을 받아선지
그날 이후 계속 아프리카 생각이 떠나지 않고 있었기 때문이다.

그렇게 아프리카 여행 준비가 시작되었다.
기꺼이 나의 물주가 되어주는 친지들에게
전화를 걸어 성금을 모았다.
특히 친지들에게 성금을 부탁하는 전화를 할 때면
"저 밥 사주세요. 아주 호화롭고 멋진 곳에서요"라고 말하는데,
그러면 대부분 내 뜻을 알아채시고
점심값을 내 계좌로 보내주신다.
비싼 곳에서 밥을 먹는 걸 좋아하지 않는 내가

비싼 밥을 먹고 싶다고 말한다는 것은
결국 성금을 듬뿍 보내달라는 신호라는 걸 알기 때문이다.

그다음은 국립의료원으로 가서 황열병 예방주사를 맞고
약국에 들러 말라리아 예방약을 처방받아 먹었다.
북반구에서 더운 남반구로 이동하니
가방 챙기기도 신경이 쓰이는 부분이다.
땀 흡수가 잘 되고 빨기 쉬운 티셔츠 몇 벌을 챙겼다.

드디어 아프리카로 향하는 날이 되었다.
12월 중순 엄동에 서울을 떠나
태국을 경유하여 나이지리아에서 다시 비행기를 갈아타고,
아프리카 중서부 대서양 연안에 있는 카메룬에 도착했다.
출발한 지 거의 이틀 만이었다.

아프리카에서의 2주는 내 삶의 변곡점이 되었다.
카메룬은 과거 프랑스 식민지였던 곳으로
프랑스어를 공용어로 사용하고 유로화가 통용된다.
원시 농경사회와 컴퓨터로 업무를 보는 21세기 문명이
공존하는 사회였다.
카메룬에 체류하는 동안 나는 우리나라가
얼마나 현대문명의 절정을 누리고 있는 나라인지를 절감했다.

마을의 촌장이 먼 데서 오느라 고생했다고 환대의 뜻으로
피그미 마을로 나를 안내했다.
그곳은 아직도 부싯돌로 불을 붙여서
냇가에서 잡은 생선을 익혀 먹는 곳이었다.
하지만 그런 일은 운이 좋아 낚시가 잘 되었을 때의 일이고
굶는 날이 더 많다고 했다.
얼기설기 엮은 나뭇잎으로 지은 오두막,
치부만 가린 듯한 옷차림,
본능을 충족하기 위해 고군분투하는 그들을 보며
묵직한 무언가가 누르듯 마음이 무거웠다.

피그미 마을에서 만난 소녀에게 무엇이 필요한지 물었다.
빵을 실컷 먹고 싶다는 말을 듣고
초가집 헛간이 연상되는 빵집으로 소녀를 데리고 갔다.
그 마을의 유일한 빵집이었다.
(카메룬은 프랑스 식민지였어서 의식주 문화에 프랑스의 그림자가 짙다)

바게트 한 개에 50센트,
우리 돈으로 치면 약 700원.
바게트를 맛있게 베어 무는 소녀를 보며
새삼 700원의 위력을 실감할 수 있었다.
그곳에는 하루 700원이면 맛볼 수 있는 행복이 있었다.

하지만 이 소녀의 작은 행복이 오래 갈 것 같지는 않았다.

피그미 마을로 안내해줬던 촌장이
본인의 집으로 나를 초대했다.
집 옆에 세워진 철탑을 자랑하기 위해서였다.
그 철탑은 안타깝게도
유럽에서 가장 큰 이동통신사가 세운 통신탑이었다.
근처를 지나기만 해도 전자파가 온몸을 휘감는 느낌이 들었지만
애써 내색하지는 않았다.

카메룬의 수도 야운데로 나가면
물화가 가득한 휘황찬란한 백화점도 있지만,
인구 대부분이 수도 시설이 없는
황토로 만든 벽돌집에서 산다고 들었다.
이런 상황은 아프리카의 다른 나라들도 대동소이하다.

2주 동안 순박한 어린이들, 청소년들과
제법 다양한 경험을 나눴다.
정이 흠뻑 들었다.
온 마을을 지저분하게 만든 쓰레기를 청소하기 위해
바게트 한 개 값인 50센트로 그들을 설득했다.
비닐봉지를 나눠주며 쓰레기를 가득 담아오면

상금으로 50센트를 주는 대회를 개최해 마을을 대청소했다.

내가 손을 내밀었던 곳곳에서 보내주신 성금으로
마을에 펌프를 설치해 맑은 물이 콸콸 나오는 걸 보며,
멀리 물을 길으러 가지 않아도 된다고
좋아하던 어린이들의 모습을 잊을 수 없다.
게다가 에이즈로 부모를 잃은 고아들을 위해
그들을 돌볼 수 있는 보육원도 세울 수 있었다.

밝은 톤의 피부를 가진 사람들이 기득권을 가진 세상에서
간간이 어두운 톤의 피부를 가진 사람들을 볼 때와,
어두운 톤의 피부를 가진 사람들이 모여 사는 세상에서
간간이 밝은 톤의 피부를 가진 사람들을 볼 때의 느낌은 달랐다.
청소년 시절에 읽은 흑인 잔혹사를 다룬 책
《뿌리》가 생각났다.
'이렇게 유순한 민족을 자기 세상에서 편히 살게 두지…
인류사에 죄를 지었구나' 하는 생각까지 올라왔다.

아프리카에 있을 때
기대하지 않았던 풍경과 마주했다.
1990년대 말 내가 우리나라에서 런칭하여
크게 성공시켰던 브랜드가 있었는데,

그 브랜드 상표가 달린 제품이 넝마가 되어
구호품 속에 섞여 있었다.
그 모습을 볼 때는 정말 기분이 묘했다.
패션계에서 종사하는 분들이 사업이 힘들 때
자조적으로 내뱉는 '넝마 장사'라는 자기비하 단어가 떠올랐다.

피그미 마을을 떠나기 전날,
아쉬움을 달래려 나를 찾아와준 소녀들에게
겨우 몇 마디밖에 못 하는 프랑스어로 작별인사를 했다.
그리고 꼭 다시 올 거라 약속했다.
나와 함께 청소했던 것처럼 앞으로도 주변을 청소하여
마을을 깨끗이 유지해주면
그들의 소원인 핸드폰을 선물로 주겠다고 약속했다.
그들과 소통하려고 프랑스어 교본을 다시 집어들었다.

어김없이 다시 봄이 왔다.
제비꽃은 자기도 꽃이라며 화려하게 꽃잎을 피운다.
낮은 곳에 피어 눈에 잘 띄지 않는 제비꽃은
내가 가장 좋아하는 꽃 중 하나다.
제비꽃을 보다가 문득 돌아가신 친정아버지 생각이 났다.

"내가 이 봄을 몇 번 더 볼 수 있을까."
친정아버지는 말년에 이 말씀을 하시곤 했다.
그때는 그 마음을 헤아리기 힘들었지만
그때의 친정아버지 나이에 가까워지니
아, 이런 느낌이셨겠구나… 가슴이 아린다.

동물은 한 번 가면 끝이지만

식물은 봄이 되면 다시 피어난다.
'그래, 너희들은 매해 발화하는 기쁨이 크겠구나.'
식물의 처지가 부럽기도 하다.

어릴 때부터 식물 관찰하기를 유난히 좋아했다.
봄이 되면 잠깐 피었다 지는 백목련, 벚꽃을 특히 좋아했다.
꽃을 먼저 피우고, 꽃이 지고 나서 초록 잎사귀를 꺼내는
새 생명의 아름다움을 좋아했다.
세상을 떠나신 친정아버지의 뒤를 따라갈 나이에 가까워져 가니
생명을 향한 찬미는 더 깊어진다.

너무 작은 꽃이라고 하기에도 애잔한
이 제비꽃은 왜 만드셨을까?
생명이 있는 모든 것은 아름답다고 했는데
조물주의 뜻이 어떤 걸까?
왜 세상을 이렇게 만드셨을까? 나는 왜 만드셨을까?
또 버릇처럼 질문이 나온다.

제비꽃에서 시작한 물음은
나의 여러 양손주들을 생각하는 물음으로 이어진다.
눈빛만 마주치면 기다리고 있었다는 듯
나에게 맑은 미소를 짓는 귀한 생명을 볼 때마다 묻는다.

왜 신은 아기를 기다리는 부부에게 점지해주시지 않고
결국 아기를 버리고야 말 부부에게 수태하게 하셨을까?
삼신할머니가 실수하셨나?
이 아기들이 좋은 부모 아래 태어났다면 얼마나 좋았을까…

내가 안아주고 놀아주는 양손주들은
세상 밖으로 내던져진 것이나 다름없다.
내가 그들을 만나러 가면
손길이 그립고 정이 고프고 보살핌이 필요했던 그들이
나를 붙들고 놓아주지 않는다.

사회복지사 선생님이 극진한 사랑으로 보살펴주셔도
아이들은 더 큰 관심과 사랑을 원한다.
그 아이들에게 원하는 만큼의 관심과 사랑을 주고 싶지만
사회복지사 인력은 턱없이 부족하다.
이런 현실이 안타까울 뿐이다.

따뜻한 가정에서 보호받지 못한 젊은이들이 훗날
미혼모, 미혼부가 될 확률이 높다는 기사를 읽은 적이 있다.
내가 현장에서 보니 정말 그러하다.
외롭게 성장한 사람은 이성에게 더 쉽게 마음을 주고
외로움을 피하려고 잘못된 관계를 쉽게 맺기도 한다.

(물론 누구보다 바르게 자라는 이들도 많다)

심지어 어떻게 수태를 하게 됐는지 모르는 철부지들도 많다.

정말 조물주에게 진심으로 묻고 싶다.

'한쪽에선 거액을 들여 난임 시술을 받아도

아이를 갖지 못해 애를 태우는데,

준비되지 않은 가정에서

환영받지 못하는 생명을 창조하시는 이유가 무엇일까?'

예쁜 새싹 같은 생명이

잎을 피우고 튼실한 나무로 자라게 하려면

정말 많은 공을 들여야 하는데,

조물주는 왜 원치 않는 곳에 튼실한 아기를 수태시키시고

일구월심 아기 갖기를 바라는 곳은 외면하시는지.

세상이 공평하지 않다는 생각이 드는 순간,

스테파니아 디 마르코의 양어머니가 하셨던 말씀이 떠올랐다.

"왜 꼭 내가 낳은 생명이어야 하나요?

새 생명은 다 귀한 겁니다."

스테파니아는 55년 전 홀트아동복지회를 통해

이탈리아로 입양된 한국인 고아다.

이탈리아 사람인 스테파니아의 양부모님은

본인들의 자식을 일부러 낳지 않고
한국인 여아 두 명, 이탈리아인 여아 한 명과
뇌성마비를 앓는 남아 한 명을 입양하여
네 명의 자식을 진정한 사랑과 정성으로 키워내셨다.

55년 전 입양한 딸자식의 나라에서 온 나를 처음 보는 순간
스테파니아의 부모님은 너무나 반가워하셨다.
지금도 그 기뻐하던 모습을 잊을 수가 없다.
그분들은 나를 집으로 초대해
자신의 고향인 시칠리아 음식을 준비해주셨다.
그리고 나에게 서류 하나를 내밀며
"혹시 뿌리를 찾아줄 수 있어요?"라고 말씀하시며,
안타까운 눈길을 건네셨다.
55년 전에 작성된 홀트아동복지회의 입양 서류였다.

'발견 장소 : ○○동 파출소 옆'

나는 입양 서류를 보면서
감정이 복받쳐서 마음을 주체할 수가 없었다.
스테파니아 양부모님이 겪은 그간의 회고담이 이어졌다.
딸들이 외모가 다르다고 이탈리아 아이들로부터 놀림을 받고
울면서 집에 돌아왔을 때 함께 부둥켜안고 울었던 이야기…

사춘기 시절 정체성에 대해 고민할 때
심리상담소를 같이 다니며 고비를 넘긴 적도 있었다.
그러나 단 한 번도 입양을 후회하진 않았다며
이 모든 것이 조물주가 주신 귀한 생명이라고 하셨다.
이분들의 경지는 무엇일까?
이분들은 어느 경지쯤에 도달하신 걸까?

스테파니아의 부모님은 마치 '가시고기' 같았다.
자식을 위해 자기의 모든 살과 생명을 내어주고
죽어가는 가시고기.
자기들이 낳지 않은, 남이 낳은 자식을 키우기 위해
자신들의 삶을 희생한 스테파니아 부모님의 정체는 무엇일까?
한쪽에선 낳아서 버리고 심지어 생명을 빼앗는데,
한쪽에선 버려진 생명을 거둬서
이렇게 멋지게 키우니
무엇이 이런 상황을 만들었을까?
내 아둔한 머리로는 답이 나오지 않았다.

입양을 한 모든 사람이 아이를 잘 키우는 건 아니다.
입양한 아이를 학대하는 비극적인 사건을 보면
인간은 누구나 가지고 태어난 자기 그릇이 있는 게 아닐까,
아니, 인간의 그릇 자체가 각기 다르다는 생각도 든다.

미국의 심리학자인 하워드 가드너가 연구한 바에 따르면
언어, 음악, 논리수학, 공간, 신체 운동,
인간 친화, 자기 성찰, 자연 친화 등
여덟 가지를 담당하는 지능 이외에
실존지능 혹은 영성지능이라 부르는 지능이 있다고 한다.
내가 왜 태어났는지, 무엇을 위해 살 것인지,
인류를 위해 무엇을 할 수 있는지 고민하면서
실존적 사고를 할 수 있도록 돕는 게
아홉 번째 지능이라고 한다.

세속적 사고를 뛰어넘어 인류 보편적 가치를 고민하도록 돕는
아홉 번째 지능이 있다는 것을 알고 나서도
나의 의문은 계속되었다.
왜 누구는 그런 지능이 발달하고,
왜 누구는 그런 지능이 부족할까?
그래서 자기 자식을 버리고 심지어 목숨까지 빼앗는 것일까?

남을 비난하기에 앞서 나부터 살펴보자.
겨우 봉사라는, 흉내나 내는 나는 어떠한가?
스테파니아의 부모님 같은 분이야말로
아홉 번째 지능이 매우 발달한,
즉 창조주의 뜻을 깨달은 경지에까지

도달한 분들이라는 결론을 얻었다.

어디에 태어나든 뭐가 그리 중요한가?
내가 거둬서 사랑으로 키워주면
아이들이 이 사회의 튼실한 나무가 될 텐데…
그 경지를 깨닫지 못하고 질문만 던진 내가 한심하다.
여전히 나는 우둔하다.

엉터리 기도라도 들어주시는 이

어릴 적 친정 어른들의 종교는 불교였다.
친정할머니와 친정어머니를 따라 절에 가서
절밥 먹는 게 그렇게 좋았다.
내가 다닌 대학교는 미션 스쿨이었는데
일주일에 한 번 대강당에서 열리는 예배에
의무적으로 참석해야만 했다.
그때 나는 엉터리로 예배에 참석해 딴짓만 부렸고,
좋아하는 찬송가가 나올 때만 열심히 따라 불렀다.

다만 명동에 가면 일부러라도 명동성당을 찾아갔다.
높은 첨탑에서 느껴지는 기품,
미사 때 울려 퍼지는 파이프오르간 소리의 울림,
신부님의 의복인 검정 수단의 시크한 느낌도 좋았다.

가톨릭에 약간의 매력을 느끼고 있었던 나는
결혼한 뒤 남편의 권유로 세례를 받았다.
세례는 받았지만 주일 미사는 나가다 말다 하기를 반복했다.

엉터리 신자로 살던 어느 날,
운명의 덫에 걸려 무릎을 꿇고 말았다.
1994년 초겨울로 접어드는 11월이었다.
비행기 이착륙 시간도 바꾸게 할 정도로 중요한 행사,
즉 대학수학능력시험*을 며칠 앞둔 날이었다.
곧 시험을 앞둔 고등학교 3학년이던 큰아들이
한밤중에 생사를 넘나드는 큰 수술을 받게 되었다.

그날 큰아들은 머리가 아프다며 학원에 결석했는데
샤워를 하다가 갑자기 쓰러져 혼수상태에 빠졌다.
다급하니 119가 생각이 안 나고 112가 떠올랐다.
급히 출동한 경찰 등에 업혀 집 근처 응급실로 실려갔다.

선천성 뇌동맥류라는 진단명을 들었다.
뇌동맥 쪽 혈관이 선천적인 기형이라서

---

* 수능시험 영어영역 듣기평가 시간에는 소음 통제로 비행기가 이착륙하지 않는다.

혈기 왕성한 나이 때에 뇌출혈이 일어나곤 한다며,
워낙 위급하게 출혈이 진행되어
대개는 병원에 도착하기 전 사망하는 경우가 많단다.
천 명 중 서너 명이 이런 기형을 갖고 태어나는데,
혈기 왕성할 때 운이 좋아 혈관이 터지지 않더라도
중년 이후에 위험한 상황이 나타난다는 설명이었다.

레지던트가 내 어깨를 가만히 감싸며 말했다.
"마음의 준비를 하십시오.
수술 중 유명을 달리할 가능성이 큽니다.
만에 하나 살아나도 식물인간이 될 확률이 높고
최상의 상태는 반신불수입니다."

왜 하필 내 아들에게! 이게 꿈이라면!
아니, 이 순간이 그냥 악몽이기를!
열여덟 살짜리가 무슨 잘못이 있다고!
눈물조차 나오지 않았다.
그냥 부정하고 싶을 뿐이었다.

'정말 하느님이 데려가시면 나는 어떻게 살지?'
지난날 아들을 야단친 일들이 떠오르며 미안하고
좀 더 같이 있어주지 못해 후회되고…

지난 일들이 주마등처럼 스쳐 지나갔다.
그때 온갖 회한을 비집고 깊은 내면에서
단말마의 비명 같은 기도가 절로 흘러나왔다.

"하느님! 이렇게 데려가시는 건 반칙이잖아요.
줬다 뺏는 게 어딨어요?
불량 엄마였지만 사랑에 소홀한 엄마는 아니었어요.
처음처럼, 처음 주셨던 것처럼, 말짱하게 도로 주세요.
당신은 데려가시는 것이 아무 일도 아니겠지만,
제게는 세상의 반이 없어지는 거잖아요.
살려주시면 불쌍한 어린이들 꼭 챙기면서 살게요."
미친 듯 주절거리며 이토록 어리석은 기도를 했다.

장장 여덟 시간이 넘는 대수술이 끝났다.
수술실에서 나온 집도의께서 내 손을 잡으며 말했다.
"설명이 힘들지만
이렇게 다시 소생할 수 있는 상황이 아니었는데, 기적입니다.
아드님이 두 번째 태어난 겁니다."

그렇게 하느님은 두 번째 태어난 아들을 통해
겸손, 순종, 배려를 알려주셨다.
헛된 교만 속에 살았던 어린 양에게 배울 기회를 주신 것이다.

큰아들이 조금씩 회복을 할 때쯤
나는 후원금만 보내고 있던 사회복지기관을
직접 찾아다니기 시작했다.
그러곤 아주아주 가끔씩 신과 대화를 나눌 때 이렇게 말했다.
"제가 형편없는 딸자식이자 엄마인지 당신은 아시고,
시련을 겪게 하시고 십자가 지는 법을 깨우쳐주셨지요.
엉터리 떼쓰는 기도도 기도라고 받아주시는 당신,
전 당신이 계셔야만 하기에 믿을 수밖에 없습니다."

인간이 인생 여정의 고비를 넘길 때,
자신이 믿고 숭앙하는 신앙이 있다면 정말 큰 위안이 된다.
그래서 나는 다른 이들에게 종교를 가져보라고 권한다.
나쁜 문화나 태도를 강요하는 종교가 아니라면 좋다.
자신의 체질에 맞는 종교를 갖기 바란다.
신앙을 가진 피조물이 자기 신앙에 맞게 살아간다면
세상은 좀 더 따뜻해지고 인간다워진다고 나는 믿는다.

신앙이 있으면 욕심도 정리가 되고
고통을 받아들이는 법도 알게 된다.
무엇보다 죽음이 두렵지만은 않다.
억지로라도 다른 세상이 있으리라 믿고
다른 세상에서 좋은 자리를 차지하기 위해서라도

지금 여기서 조금은 잘 살아보려 노력하게 된다.

신실한 가톨릭 신자였던 프랑스의 철학자 블레즈 파스칼은
절친한 친구에게 이렇게 말했다.
"나도 하느님을 본 적은 없네.
다만 하느님이 계신다고 믿으며 사는 삶이
그렇지 않은 삶보다는 훨씬 가치 있을 걸세."

나이가 들어갈수록 신앙을 갖기로 한 내 선택이
참 잘한 일이었다고, 내게 칭찬을 해주고 싶다.

"선생님, 유튜브 한번 해보시면 어떨까요?

선생님의 삶이 평범하진 않잖아요?

커리어도 다양하고 경험도 많으시고…

그 연세에 우리나라와 이탈리아를 수시로 오가며

바쁘게 사시는 분은 안 계시잖아요.

이탈리아에 관한 콘텐츠만 풀어놓으셔도 무궁무진하고

이탈리아 패션뿐 아니라 문화에도 조예가 깊으시고요.

요즘은 책도 좋지만, 유튜브가 대세예요."

갑작스러운 후배의 제안에 몇 날 며칠을 고민했다.

일흔에 가까운 나이에 유튜버가 된다는 건,

큰 용기를 동반한 결단이 필요한 일이었다.

요즘 젊은 패션 유튜버들이 올리는 콘텐츠를 찾아보니

더욱 난감했다.

그들이 소개하는 어마어마한 의상에 압도되었고

'언박싱' '하울' 등 그들이 유튜브 생태계에서 쓰는

각종 용어조차 낯설었다.

절대로 이 늙은이가 나설 플랫폼이 아니라고 확신했다.

'누가 이 늙은이의 영상을 볼까?

매번 새로운 의상을 구매할 마음은 전혀 없고!

아무리 생각해도 내가 유튜브를 하는 건 코미디 같단 말이지.'

별로 마음이 내키지 않아

그렇게 며칠을 미적거리고 있는데 후배에게 또 연락이 왔다.

"선생님, 혹시 중저가 브랜드 매장에 가셔서

고급 브랜드와 디자인이 비슷한 옷을 찾아주실 수 있어요?"

"그거야 뭐, 평생 옷과 씨름하고 살았으니 여반장이죠."

"그럼 됐어요. 화요일 10시까지 모시러 갈게요."

2019년 8월 가장 더웠던 어느 날,

강남에 있는 중저가 브랜드 매장에서

드디어 첫 영상을 촬영했다.

이곳의 중저가 옷 중에서 몇 가지를 보여주며,

이 옷이 어느 고급 브랜드 옷을 카피했는지

비교하며 설명하는 내용이었다.

며칠 후 영상을 편집한 젊은 제작진들은 매우 흡족해하면서

정식으로 유튜브 채널을 개설하자고 제안을 해왔다.

"부디 긍정적으로 검토해주세요."

간절하게 부탁하는 그들에게

내가 망설이는 이유를 설명하니,

젊은 제작진들의 대답은 명쾌했다.

"지금처럼, 편하신 대로 사는 방법을 보여주세요."

"구닥다리 삶인데요?

젊은이들이 이 늙은이의 구닥다리 삶을

그다지 좋아할 것 같진 않은데요?

인간 장명숙이 늙음을 받아들이며

자연스럽게 살아가는 일상이 이야깃거리가 되겠어요?

젊을 때 하도 치열하게 살아서

이제는 그저 느긋하게 낭창낭창 살고 싶어요."

제작진들은 물러서지 않았다.

"선생님, 좋아요. 인간 장명숙의 삶을 보여주시면 됩니다.

염려하지 마세요. 이미 존재 자체가 차별화되고 있어요."

살짝 마음이 흔들렸다.

'이들이 나에게서 어떤 가능성을 본 것일까?

유튜브 생태계에 해박한 이 사람들과 함께한다면
그래도 좀 해볼 만하지 않을까?
이 나이에 잃을 게 뭐가 있을까?
젊은이들과 작업을 하면 배우는 것들도 많을 텐데,
재밌는 경험이 될 것 같은데… 해볼까?'

기왕이면 젊은이들에게 좋은 메시지를 전해주고 싶었다.
'그럼 어떤 콘텐츠를 담아야 하지?
패션 이야기만 하는 건 심심한데,
일흔에 가까워지기까지 깨달은 이야기를 해볼까?
물건에 얽매이지 말고, 오히려 물건의 주인이 되어
취향과 안목과 교양을 보여주는 게 멋진 삶이라고 풀어놓을까?
어설프게 지혜를 나눈다고 했다가
꼰대처럼 비치진 않을까?'

수만 가지 생각 속에서 자맥질하고
고민에 고민을 거듭해도 쉽게 결론을 내지 못했다.
할지 말지 답을 주기로 한 날짜가 바짝 다가올 때쯤,
얼마 전 읽었던 기사가 퍼뜩 떠올랐다.
'고가 브랜드 광풍'에 대해 다룬 기사였다.

여자친구에게 고가의 백을 사주기 위해 아르바이트를 하고,

고가품 세일이 시작되거나 신상품을 출시하면
매장 앞에 텐트를 치고 자거나
새벽부터 줄을 선다는 내용이었다.
씁쓸함이 밀려왔다.
그 감정을 들여다보니
죄책감의 비중이 만만치 않았다.
바로 내가 우리나라에 고가품을 소개한 장본인이기 때문이다.

아이러니하게도 정작 나는
브랜드 로고가 선명하게 드러나는 제품들을
거의 구매한 적이 없다.
주머니 사정과 직업을 철저히 분리하며
알뜰한 생활인으로 살아왔기에 현 상황이 이해되지 않았다.
'옳거니! 바로 이 지점에서 접점을 찾아보자'고 다짐하며
유튜브를 하자는 후배의 제안을 장고 끝에 받아들였다.

이렇게 탄생한 채널이 〈밀라논나〉다.
'밀라노에 왔다 갔다 하는 할머니'라는 의미인데,
초등학생부터 동갑내기 어른들까지 많은 응원을 보내주셨다.
이로써 유튜버의 삶이 시작되었다.
후배의 부추김, 젊은이들의 응원 그리고
늙은이의 호기심이 없었다면

〈밀라논나〉 채널도 없었을 것이다.

사는 모습을 있는 그대로 가감 없이 보여주고,
80년이 넘은 아버지의 와이셔츠에서
100년이 넘은 할머니의 살림살이까지
내 삶의 민낯을 적나라하게 노출했다.
그 결과, 젊은이들의 반응은 예상외로 폭발적이었다.

'구독'을 부탁하면 신문처럼 돈을 내야 하는 줄 알고
염치가 없어서 차마 구독해달라는 말도 못 꺼내던 나였다.
그런 내가 이제는
유튜브를 시작한 지 몇 개월 만에 구독자 수도 챙겨보고
"구독, 좋아요, 눌러주세요" 하며 애교도 부리게 되었다.
('구독' 신청이 무료라는 걸 알고 나니 조금 용기가 생겼다)

그리고 세상에나!
동영상이 고작 여섯 편 공개되었을 뿐인데
구독자 수가 10만 명을 달성하여 '실버 버튼' 인증패도 받았다.
어느 단체에서는 '올해의 인플루언서'라는 타이틀도 달아주었다.
뉴스, 잡지, 예능, 광고 등 나를 찾는 곳이 다양해졌고
어느덧 구독자 수 80만 명을 훌쩍 넘었다.

어느 언론인이 이런 말씀을 하셨다.

"웬만한 일간지 독자 수보다 많은 거예요.
더구나 젊은이들이 열광하는 댓글을 올리잖아요."
수백 개에서 수천 개 넘게 올라오는 댓글을 보면
처음 시작할 때 한 결심을 다시 한번 되새기게 된다.

'논나를 보고 늙는 두려움에서 벗어났어요.'
'진즉에 논나를 알았더라면 제 삶의 방식이 달라졌을 거예요.'
이런 댓글을 보면 유튜브 하기를 잘했다는 생각이 든다.
"어떻게 그렇게 평소랑 똑같아요?"
"꾸밈없고 자연스럽네요."
초등학교 동창부터 동네 이웃분들까지 응원해주시면
안심도 되면서, 아울러 초심을 잃지 않아야겠다고 생각한다.

이제 나에게 남은 숙제는
구독자들이 실망하지 않도록
힘이 닿는 데까지 좋은 콘텐츠를 보여드리는 것이다.
언젠가는 아름다운 마무리를 해야 할 텐데…
인생은 숙제의 연속이다.
때로는 쉽고 때로는 너무 어렵다.

이렇게 살아도 되는 걸까? 저렇게 살아도 되는 걸까?

시작할까? 말까?

나 또한 내 앞에 놓인 수많은 선택지 앞에서 숱한 고민을 했고
그때마다 되도록 단순하게 생각했다.

"재밌으면 해보면 되지!"

모든 어른과 아이가 자기 인생에 마땅히 용기를 내면 좋겠다.

내가 하고 싶은 일이 있다면 주저 말고 시작해보라.

그것에 대한 결과와 책임은

전적으로 내가 짊어지면 된다.

어쩌다 유튜브를 시작하게 됐다.

책을 써달라는 댓글이 많았다.

유튜브에서 미처 담지 못한 내용을 차근차근 써내려가다 보니
어느새 책 한 권이 되었다.

이 기회를 빌려 관심을 가져주시는 여러분께

뜨거운 감사 인사를 드리고 싶다.

늘 몸도 마음도 건강하시길.

각자의 자리에서 찬란한 인생을 살아가시길.

2021년 여름

밀라논나 장명숙

닫는 글

밀라논나 선생님과의 대화에는 '나'에 대한 생각을 열어주는 힘이 있다. 〈대화의 희열3〉에서 만났을 때도, 이 책의 마지막 장을 덮고 나서도, 머릿속에서 계속 맴도는 생각은 '그래, 나답게!'였다. 물질의 소유보다는 마음의 경험을. 주변의 시선보다는 내 시간의 이야기를. 이 책을 통해 부디 자신을 따뜻하게 품어주는 사람들이 많아졌으면 좋겠다. 나를 사랑할수록 내 하루는 한 뼘 더 행복해질 게 분명하니까.

유희열 아티스트

인간은 결국 자기가 살아온 삶을 입는다. 가치를 두는 것, 아름답다 여기는 것, 숨기고자 하는 것, 드러내려 하는 것이 뒤섞여 취향을 만들고 이는 라이프스타일과 차림새를 빚어낸다. 그렇기에 근사한 어른은 그러한 삶과 떼어서 상상할 수 없다.

밀라논나 선생님은 흐트러짐이 아닌 유연함을, 고집스러움이 아닌 고유함을 갖춘 어른이 어떤 모습인지를 보여주었고, 우리는 열광했다. 무엇보다 '하나뿐인 나에게 예의를 갖춘다'는 그녀의 태도는 '자존감'이라는 수수께끼 같은 단어에 대한 가장 명료한 해결안이 아닐까.

김이나 작사가

가상의 근사한 어른을 이야기 속에서 만들곤 하지만, 바로 우리 곁에서 온몸과 온 마음으로 긴 길을 걸어온 진짜 어른을 만날 때가 더 반갑다. 이 책에 담긴 담백한 응원이 지금처럼 필요할 때가 없는 것 같다. 억누르는 말은 지긋지긋해서 털어내고 싶은 반면 아낌에서 비롯된 말은 왜곡 없이 흡수되는데, 밀라논나 선생님의 언어는 완연한 후자다. '자기의 타고난 맥박대로' 걸음을 옮기고 '걸림돌을 디딤돌로' 삼으면 어떻겠느냐는 상쾌한 제안에 어깨가 가볍게 펴진다. 앞선 발자국에 발을 겹치기도, 어긋나게 딛기도 하며 '선량한 사랑의 서사'를 이어가길 희망한다.

정세랑 소설가

밀라논나
이야기

Ciao, Amici